La belle et le millionnaire

RACHAEL STEWART

La belle et le millionnaire

Traduction française de
ELISABETH MARZIN

AZUR

HARLEQUIN

Collection : Azur

Titre original :
BEAUTY AND THE RECLUSIVE MILLIONAIRE

HARPERCOLLINS FRANCE
83-85, boulevard Vincent-Auriol, 75646 PARIS CEDEX 13
Service Lectrices — Tél. : 01 45 82 47 47 - www.harlequin.fr
ISBN 978-2-2804-8539-5 — ISSN 0993-4448

Composé et édité par HarperCollins France.
Imprimé en janvier 2023 par CPI Black Print (Barcelone)
en utilisant 100% d'électricité renouvelable.
Dépôt légal : février 2023.

MIXTE
Papier issu de sources responsables
FSC® C159065

Pour limiter l'empreinte environnementale de ses livres, HarperCollins France s'engage à n'utiliser que du papier fabriqué à partir de bois provenant de forêts gérées durablement et de manière responsable.

1.

— Ouah !

Catherine Wilde remonta ses lunettes de soleil pour mieux contempler la crique nichée au pied d'une falaise blanche, qui tranchait avec le bleu lumineux de la mer. Dire qu'elle allait vivre sur cette île pendant un mois…

— C'est splendide.

— La plus belle des îles grecques !

Avec un large sourire, Marsel commença à descendre les bagages de Catherine sur le quai. Quand elle avait décidé de faire la traversée en voilier, son assistante n'avait pas caché son effarement – « Tu es consciente que je peux te réserver une vedette rapide et confortable ? » Mais elle avait eu envie de commencer ces vacances comme elle comptait les poursuivre. En prenant tout son temps. Quand elle avait appris que Marsel faisait des allers-retours réguliers entre l'île et le continent pour l'approvisionnement, elle avait décidé de jouer les bateau-stoppeuses. Elle voulait profiter de ce séjour pour se détendre et mener une vie simple. Pas de planning surchargé, pas d'équipe de sécurité, pas de cirque médiatique. Le rêve. Si seulement ses doigts pouvaient recevoir le message et arrêter de pianoter nerveusement…

Pendant la traversée elle avait tenté de commencer à se détendre en savourant la chaleur du soleil de la mi-journée et la douceur de la brise de mer. Elle avait essayé de toutes ses forces… et c'était peut-être là le problème. Pour elle, se détendre n'avait rien de naturel. Cependant, elle n'avait pas non plus l'habitude d'être aussi nerveuse. Après tout, elle était une actrice multi-primée. Savoir garder son sang-froid faisait partie du métier. Mais il était vrai que la nervosité d'aujourd'hui n'avait rien à voir avec le trac. Elle était incontrôlable et sa cause ne faisait aucun doute. Alaric de Vere. Le frère aîné de Flo, sa meilleure amie. Cette île lui appartenait. C'était son refuge, isolé du monde et de la civilisation, selon sa volonté. Jusqu'à aujourd'hui. Était-elle vraiment la bienvenue ? Ou bien Flo avait-elle mis Alaric au pied du mur sans lui laisser d'autre choix que de l'accueillir ? Elle, la star de Hollywood en quête de calme et d'anonymat après une rupture difficile… Mais si elle était venue jusqu'ici, ce n'était pas seulement pour se requinquer. Inquiète pour son frère, Flo l'avait chargée d'une mission. Rappeler à Alaric qu'il avait une vie en dehors de son île et qu'il manquait à sa famille. Catherine sentit son cœur se serrer. Alaric allait-il aussi mal que le disait Flo ? Serait-elle capable de l'aider, elle qui n'était pas un exemple d'équilibre et de sérénité ? Elle posa machinalement la main sur son ventre, la gorge nouée.

Le passé récent était douloureux, mais l'avenir restait prometteur. Premier objectif, donner une nouvelle orientation à sa carrière. Désormais, elle voulait faire ses preuves de l'autre côté de la caméra. Inventer ses propres histoires et les faire jouer par d'autres. Un projet que ce séjour devait lui permettre de réaliser, en lui offrant les conditions idéales à l'écriture de son premier scénario. Elle aurait du temps pour travailler et pour soigner ses plaies, avait plaidé Flo. Du temps pour aider Alaric et pour s'aider elle-même.

Catherine baissa les yeux sur son ventre, et s'efforça de réprimer sa souffrance, toujours aussi vive. Elle se remémora le sourire qui étirait les lèvres de Flo malgré son inquiétude pour son frère, quand elle lui avait dit au revoir la main posée sur son propre ventre bien rond. Une image qui avait déclenché en elle des sentiments contradictoires. Une peine intense au souvenir de ce qu'elle avait perdu et une joie sincère pour son amie. Inspirant profondément, elle sortit son téléphone de son sac. Elle avait promis à Flo de lui envoyer un message quand elle serait arrivée. Autant le faire pendant que Marsel continuait à descendre ses bagages. Elle lui avait proposé de le faire elle-même mais il avait refusé. Et il fallait bien reconnaître que c'était un soulagement. Parviendrait-elle sans encombre à terre en portant des valises sur cette passerelle étroite qui tanguait autant que le voilier ? Rien que pour taper un texto elle était obligée de s'appuyer au bastingage… Une fois son message envoyé elle remit son téléphone dans son sac et promena son regard autour d'elle.

Cet endroit était vraiment séduisant. Beau, isolé, et… très surprenant. Le débarcadère en bois très simple et son garde-fou dont la peinture blanche s'écaillait n'évoquaient pas le luxe auquel on aurait pu s'attendre, vu l'homme à qui appartenait l'île. Mais que savait-elle d'Alaric après tout ce temps ? Elle le connaissait depuis toujours. Enfants, ils avaient joué ensemble. Plus tard, ils avaient continué à passer beaucoup de temps ensemble. Il leur était même arrivé de s'enivrer ensemble. Et puis il avait été son premier coup de cœur, resté tabou parce que frère de sa meilleure amie…

Mais de nombreuses années s'étaient écoulées depuis leur dernière rencontre. Et tant de choses avaient changé… La vie d'Alaric avait été bouleversée par un terrible accident. Flo avait-elle raison de penser qu'elle pourrait aider son frère, alors que sa propre famille n'y était pas parvenue ? Le téléphone de Catherine vibra dans son sac. Elle consulta le message.

Tu es sur l'île ?

Tu as vu Alaric ?

Il va bien ?

Arquant les sourcils, elle tapa sa réponse.

Oui. Non. Sais pas. Patience, Flo. Bises

Un nouveau message arriva aussitôt.

Désolée ! Où est-il ? Bises

Bonne question…

Je ne sais pas. Nous venons tout juste d'arriver. Sans doute à la villa.

Catherine rangea son téléphone dans son sac. Marsel avait descendu tous les bagages et il arpentait le quai en parlant en grec au téléphone. Elle s'engagea sur la passerelle avec précaution. La voyant arriver, Marsel mit fin à son appel et se précipita pour l'aider à descendre.

— *Kyrios* de Vere sait que nous sommes arrivés, dit-il dès qu'elle eut les deux pieds sur le quai.

— Fantastique, répliqua-t-elle, l'estomac noué.

S'il le savait pourquoi n'était-il pas venu l'accueillir ? Elle saisit la poignée d'une valise.

— On dirait qu'il y a un bout de chemin à faire à pied ?

Le sentier qui grimpait à flanc de falaise était visiblement la seule voie d'accès à la crique par la terre. Aucune chance qu'une voiture apparaisse miraculeusement… Et puis il fallait aussi transporter les provisions que Marsel avait rapportées du continent.

— Alaric… *Kyrios* de Vere doit venir à notre rencontre ?

Marsel prit ses autres bagages et se dirigea vers le bout du quai.

— Il a dit de monter. La jeep n'est pas très loin.

— Ah…

Il n'y avait pourtant aucune trace de véhicule dans les

parages… Elle suivit Marsel en tentant de se raisonner. Après tout, quoi d'étonnant à ce qu'Alaric ne soit pas venu l'accueillir à la descente du bateau ? Il n'y avait aucune raison de s'inquiéter. D'ailleurs, n'était-elle pas venue ici pour être tranquille ? N'avait-elle pas refusé d'être accompagnée par son équipe de sécurité et son assistante parce qu'elle recherchait la solitude ? Elle devrait se réjouir d'avoir atteint son objectif. Malgré tout… Personne n'avait vu Alaric depuis un an. Et il n'était pas apparu en public depuis presque trois ans. Quant à elle… la dernière fois qu'elle l'avait vu remontait à une dizaine d'années.

— Attendez ici, mademoiselle Wilde ! cria Marsel par-dessus son épaule. La jeep est à une centaine de mètres, garée dans une grotte à l'abri du soleil. Je vais revenir vous chercher.

Elle posa sa valise avec un soupir de soulagement. Oh ! elle pourrait très bien continuer à grimper. Elle faisait de l'exercice tous les jours. C'était indispensable. Pas question pour elle d'avoir recours à des doublures corps ni à des cascadeurs. C'était un principe. Son agent lui répétait que c'était stupide, ce que confirmaient les primes d'assurance exorbitantes que cela lui coûtait. Mais aujourd'hui, elle préférait poursuivre le trajet en jeep. Cela lui éviterait d'être à son désavantage lorsqu'elle se retrouverait devant Alaric pour la première fois depuis des années. Elle pourrait au moins compter sur la protection de sa fidèle armure. Son maquillage et ses vêtements ne seraient pas ruinés par la chaleur et la transpiration. Une main en visière au-dessus de ses lunettes, elle contempla le sentier qui grimpait toujours plus haut devant elle, les buissons épineux accrochés à la falaise, les arbres qui se dressaient au bord, tout en haut. Soudain elle aperçut une silhouette entre les arbres. Alaric ? Elle s'apprêtait à faire un grand signe, mais la silhouette s'évanouit aussi subitement qu'elle était apparue. L'avait-elle imaginée ? Était-ce une illusion d'optique due à la brume de chaleur ? Elle essuya la sueur qui perlait à son front. Oui, c'était sûrement ça. Ou alors il y avait bien quelqu'un mais ce n'était pas Alaric. Parce qu'il lui aurait au moins fait signe. Sauf que l'Alaric dont elle gardait le souvenir aurait attendu sur le quai pour la serrer dans ses bras dès sa descente du bateau. Il aurait tout fait pour qu'elle ait la certitude d'être la bienvenue…

C'était une erreur. Il l'avait su dès l'instant où sa sœur le lui avait demandé. Mais il avait accepté et dit à Dorothea de préparer la chambre d'amis. Pour lui, pas pour Catherine. Parce que Catherine méritait la plus belle chambre de la maison, autrement dit la sienne. Alaric passa la main dans ses cheveux trempés de sueur en jurant. Catherine. Ici. Sur son île. C'était de la folie ! Il avait tenté de chasser son appréhension en courant sans but comme un idiot dans la chaleur écrasante et il avait fini par se retrouver au bord de la falaise à guetter le voilier de Marsel. Quand ce dernier était entré dans la crique, il avait vu les cheveux blonds de Catherine qui flottaient dans la brise. Son cœur gelé avait reçu comme une injection de soleil pur, bien plus brûlante que la fournaise de cette journée torride. Depuis toujours c'était comme ça avec Catherine… ou bien était-ce Kitty à présent ? « Kitty ». Les poings d'Alaric se crispèrent. C'était sous ce nom que le monde entier la connaissait. Kitty Wilde. Une des actrices les plus en vue de Hollywood, dont les fans se comptaient par millions. Resterait-il quelque chose de Catherine chez la star internationale qu'elle était devenue ?

Pourquoi l'espérait-il ? Il ne devrait pas. De même qu'il n'aurait pas dû accepter qu'elle vienne. Serrant les dents, il s'efforça de réprimer les émotions contradictoires qui l'étreignaient. Il était trop tard pour la renvoyer. Quant à lui, il ne pouvait pas quitter l'île. Où pourrait-il aller ? Nulle part. C'était la vérité dans toute sa cruauté. Son île n'était pas seulement sa résidence, c'était son refuge. Son abri contre le passé, sa retraite pour l'avenir. Et voilà qu'à cause de sa sœur il avait une invitée. Qu'il n'était pas prêt à affronter, quoi que lui dicte la courtoisie. Or elle était à présent sur le quai et chacun de ses pas la rapprochait de lui. Et malgré la valise sans doute lourdement chargée qu'elle tirait, sa démarche était d'une élégance folle… Pris de vertige, Alaric inspira profondément. Non, il allait attendre la tombée de la nuit. Quand la lumière ne serait plus aussi crue. La pénombre lui offrirait une certaine protection. Elle estomperait ses cicatrices quand Catherine poserait sur lui ses yeux pervenche et qu'elle lui adresserait ce célèbre sourire qui fascinait des millions de gens.

Si elle parvenait à esquisser le moindre sourire quand elle verrait ce qu'il était devenu…

À cet instant précis Catherine leva la tête vers le haut de la falaise. Alaric resta pétrifié, le cœur cognant à grands coups dans sa poitrine. Aurait-elle senti sa présence ? Mais non, c'était impossible. Quelle idée ridicule ! Furieux contre lui-même, il tourna les talons et reprit sa course folle sur le chemin, à travers les arbres, puis le jardin. Ses poumons étaient en feu mais ça n'avait rien à voir avec l'effort. Il fit sursauter Andreas, qui s'occupait des fleurs près de l'entrée, et faillit se cogner dans Dorothea quand il entra en trombe dans la maison.

— *Kyrios* de Vere ! Vous m'avez fait peur !

Il pila et inspira profondément.

— Marsel va bientôt arriver. Pouvez-vous faire visiter les lieux à Catherine et lui dire que je la verrai ce soir ?

— Vous ne… ?

— J'ai du travail, coupa-t-il en se dirigeant vers l'escalier.

— Mais…

— Pas de « mais », Dorothea. Faites ce que je vous dis.

Oui, il était particulièrement incorrect. Sa peur d'affronter Catherine lui faisait perdre ses bonnes manières… Mais il n'avait pas à se justifier. Il était chez lui et il pouvait se comporter comme bon lui semblait. Si seulement il ne se sentait pas aussi coupable…

2.

Toujours aucun signe d'Alaric.

Des sacs à provisions dans les bras, Catherine suivit les indications de Marsel et se dirigea vers la cuisine. Jamais elle ne s'était sentie aussi mal à l'aise. Elle avait le sentiment d'être une intruse et d'envahir la maison d'Alaric. Un homme qu'elle ne connaissait plus. Ce qu'elle savait à son sujet, elle l'avait entendu de la bouche de sa sœur. Pas seulement les détails atroces de l'accident qui avait coûté la vie à son meilleur ami trois ans plus tôt, mais le traumatisme qu'il avait subi lui-même et les traces qu'il en gardait. Il avait complètement changé et il s'était coupé de tout le monde.

Y avait-il une chance qu'il lui parle, qu'il se confie à elle ? Allait-il au moins se manifester ou bien allait-elle passer un mois toute seule ? Elle resserra les bras autour des sacs, en proie à une angoisse qui se mêlait à sa propre souffrance. Pourvu que le lien qui les avait unis autrefois ne soit pas définitivement rompu… Honnêtement, elle ne savait pas qui avait le plus besoin de soutien… Alaric ou elle.

— Ah, mademoiselle Wilde, quel plaisir de vous rencontrer !

Les yeux brillants et les joues maculées de farine, une femme vint vers elle dès qu'elle arriva dans la cuisine.

— Je suis Dorothea, la gouvernante de *Kyrios* de Vere. Vous ne devriez pas porter ces sacs. C'est le travail de mon fils !

Un peu réconfortée par cet accueil chaleureux, Catherine ne put s'empêcher de rire.

— Je suis enchantée de vous rencontrer moi aussi. Et il n'y a pas de problème. C'est moi qui ai insisté pour l'aider. Où dois-je les poser ?

Dorothea se précipita vers l'îlot central et fit de la place sur le plan de travail en bois.

— Merci, mademoiselle Wilde.

— Je vous en prie.

Catherine posa les sacs et jeta un coup d'œil au comptoir derrière la gouvernante. Il était couvert de farine et une boule de pâte trônait au milieu.

— Je suis vraiment navrée que *Kyrios* de Vere ne soit pas là, dit Dorothea en triturant son tablier. Il… Il a beaucoup de travail. Il a dit qu'il était désolé et qu'il vous verrait ce soir.

Catherine hocha la tête. L'embarras de Dorothea était manifeste, ce qui n'avait rien de rassurant… Pour faire diversion, elle indiqua la pâte.

— Qu'êtes-vous en train de faire ?

— De la pita fraîche pour accompagner le slouvaki du dîner. C'est le plat favori de *Kyrios* de Vere.

— Et bientôt le mien, j'en suis sûre !

Le pain frais, c'était son péché mignon. Et pendant un mois aucun objectif ne serait braqué sur elle. Si bien qu'elle allait pouvoir céder à la tentation l'esprit tranquille. En tout cas les premières semaines.

— J'espère !

Un large sourire étira les lèvres de Dorothea. Tandis qu'elle se lavait les mains dans l'évier rectangulaire en céramique blanche, Catherine promena son regard autour d'elle. Le décor tout en bois et béton ciré était égayé par les touches de couleur des poignées et par des ustensiles en cuivre. Les herbes accrochées le long d'un mur apportaient une note de verdure tout en répandant un parfum délicieux. C'était une cuisine accueillante et pleine de vie. Était-ce Alaric qui l'avait conçue ? Y cuisinait-il lui aussi ? Ou bien cette pièce devait-elle son attrait à Dorothea et au talent d'un architecte d'intérieur ?

— Maintenant, il faut vous installer et vous détendre, ajouta Dorothea en indiquant la sortie à Catherine. Je vais vous montrer votre chambre.

— Merci, mais je vais d'abord continuer à décharger la jeep.

— Il n'en est pas question. Mon fils est parfaitement capable de le faire, tout comme mon mari.

Catherine sourit. Elle n'avait pas l'habitude de recevoir des consignes en dehors des plateaux de cinéma, mais le ton autoritaire de Dorothea était teinté d'une telle bienveillance qu'il était très touchant. Cependant, ce n'était pas une raison pour céder.

— Non, non. C'est la moindre des choses d'aider Marsel après m'être imposée sur son bateau. Et je ne veux pas qu'on soit aux petits soins avec moi pendant mon séjour ici.

— Il n'y a pas moyen de se faire entendre, mama, intervint Marsel en faisant irruption dans la cuisine les bras chargés de sacs.

Secouant la tête, il adressa à sa mère un sourire penaud.

— J'ai déjà essayé plusieurs fois.

— C'est vrai, j'ai insisté, acquiesça Catherine en posant la main sur l'épaule de Dorothea. *S'il vous plaît.* Je veux aider.

— Tu ferais aussi bien d'accepter, *agapimou.*

Andreas, le père de Marsel, venait d'arriver à son tour dans la cuisine, avec un large sourire qui creusait les petites rides au coin de ses yeux.

— J'ai eu cette discussion avec Mlle Wilde dehors. Elle est aussi têtue que toi !

Dorothea poussa un profond soupir et tout le monde se mit à rire, y compris Catherine. Elle suivit Marsel jusqu'à la jeep et il lui tendit un sac sans discuter avant d'en prendre un à son tour.

— Ce sont les derniers.

Alors qu'ils regagnaient la maison, elle s'immobilisa un instant pour la contempler. Ses murs de pierre se fondaient dans le paysage, donnant l'impression qu'elle en faisait partie depuis des siècles. Les volets bleu pâle qui protégeaient les fenêtres apportaient une touche de couleur discrète. Rien à voir avec la luxueuse villa ultramoderne à laquelle elle s'attendait. Autour, des jardins de rocaille étaient plantés de vivaces et d'herbes aromatiques. Plus loin, des oliviers ajoutaient au charme du lieu avec leurs troncs spectaculaires et leur feuillage aux reflets argentés. Un bruit d'eau attira son attention et elle aperçut en contrebas de la maison une piscine à débordement qui surplombait la mer.

— Restez au soleil encore quelques minutes, et le contenu des sacs cuira tout seul.

Elle se retourna avec une moue contrite vers Marsel qui attendait sur le pas de la porte.

— Désolée, c'est tellement fascinant…

Il lui adressa un sourire malicieux et elle le suivit dans le couloir. La fraîcheur qui régnait dans la maison offrait un contraste bienfaisant avec la chaleur écrasante de l'extérieur. Une sensation accentuée par la pierre nue des murs et les diverses nuances d'ocre du décor, où dominaient le bois et le rotin. Le tout créait une atmosphère apaisante. S'il y avait un lieu susceptible de l'aider à se détendre, c'était cette maison. À condition que tout se passe bien entre Alaric et elle… Inspirant profondément, elle remonta le sac contre sa poitrine et redressa les épaules. Tout allait bien se passer.

Elle se dirigea vers la cuisine et faillit se heurter à Marsel, figé sur le seuil.

— Mama ! Papa !

Se hissant sur la pointe des pieds, elle jeta un coup

d'œil par-dessus son épaule. Dorothea, écarlate, repoussait Andreas couvert de farine. Il était facile de deviner quel genre de scène Marsel avait surpris.

— C'est un miracle que le travail se fasse dans cette maison, commenta ce dernier en déposant son sac sur l'îlot central.

Andreas lui donna une bourrade dans le dos.

— C'est toi qui dis ça !

Catherine rit de bon cœur, distraite pour quelques instants de ses craintes.

— Y a-t-il autre chose que je puisse faire ? demanda-t-elle après avoir posé son sac à côté de celui de Marsel.

— Pas aujourd'hui, répondit Dorothea. Vous devez défaire vos bagages et vous installer.

— Ça peut attendre. Je vous assure que ça me ferait plaisir de vous aider, insista-t-elle.

C'était d'autant plus sincère qu'elle avait désespérément besoin de s'occuper les mains et l'esprit pendant les longues heures qui la séparaient du dîner... Rester en compagnie de cette famille complice toujours prête à plaisanter était une perspective beaucoup plus réjouissante que de se retrouver seule dans sa chambre avec ses pensées.

— Pas aujourd'hui, répéta Dorothea. Venez, je vais vous montrer votre chambre.

— D'accord...

Catherine se tourna vers Marsel.

— Merci encore de m'avoir acceptée à bord. Je vous suis très reconnaissante.

— Oui, Marsel, merci d'avoir amené Catherine.

Alaric ! Le cœur battant, elle se retourna. Il se tenait dans l'encadrement de la porte, immobile. Une longue cicatrice pinçait la peau de sa joue gauche depuis le coin de l'œil jusqu'à la commissure des lèvres, avant de disparaître dans la fine barbe brune. Le cœur serré, elle déglutit péniblement.

N'allait-il rien ajouter ? Aucune parole de bienvenue, rien ? Il était plus athlétique qu'autrefois. Ses épaules étaient plus larges et sa mâchoire plus carrée. Mais peut-être était-elle tout simplement crispée… Ses cheveux bruns ni courts ni longs dégouttaient d'eau, mouillant son T-shirt blanc qui moulait son torse et ses bras musclés. Un pantalon ample en lin tombait souplement sur ses pieds nus. Une tenue beaucoup plus décontractée que son attitude.

Sortait-il de la douche ? Était-ce pour cela qu'il n'était pas venu l'accueillir dès son arrivée ? C'était une pensée réconfortante, mais elle avait du mal à y croire… Catherine rencontra son regard, et son esprit se vida l'espace de quelques secondes. Ces yeux bleu outremer évoquaient tant de souvenirs ! Ils étaient reconnaissables entre mille, même dépourvus de la lumière, de l'humour et de l'affection qui les faisaient briller autrefois. Elle eut un sourire contraint.

— Alaric.

— Catherine.

Alaric inclina la tête en se raidissant contre le froid qui l'envahissait après la vive chaleur qui l'avait submergé dès qu'il avait posé les yeux sur elle. Depuis qu'il l'avait aperçue sur le quai, elle avait noué ses cheveux en chignon sur le sommet de son crâne. Ses lunettes de soleil étaient relevées, laissant apparaître ses splendides yeux pervenche qu'il n'avait pas envie de voir de près. Ils réveillaient trop de souvenirs. Même remplis d'horreur comme en ce moment… Il déglutit péniblement. Si seulement il parvenait à se ressaisir… Mais tout en elle l'en empêchait. Même cette coiffure toute simple qui dégageait son cou et dont quelques mèches folles s'échappaient, caressant sa peau. Une peau qu'il avait admirée, chatouillée, et même caressée… mais pas comme il en rêvait. Et aujourd'hui elle était là devant lui, vêtue d'un T-shirt à fines bretelles et d'un short qui dévoilaient beaucoup trop cette peau. En particulier celle de ses jambes hâlées, si longues, si fines, si… Il fallait à tout prix qu'il évite de les regarder. Sauf que s'il levait les yeux il rencontrait ce regard horrifié qui lui glaçait le sang. Mais, d'une certaine façon, c'était préférable. Ça lui rappelait à quel point tout avait changé, à quel point ils avaient changé tous les deux.

— À moins que ce soit Kitty, maintenant ?

La pointe de dérision dans sa voix n'était pas passée inaperçue, à en juger par le regard de Dorothea. Un regard qui lui intimait de se comporter correctement.

— Je répondrai aux deux, répliqua Catherine.

Son sourire vacilla et le feu se répandit sur son visage, mettant en relief ses pommettes saillantes et son nez retroussé. Des traits dont il gardait un souvenir beaucoup trop précis à son goût… De toute évidence, dans sa quête de perfection hollywoodienne, elle n'avait pas eu recours au scalpel du chirurgien esthétique. Pourquoi en était-il aussi soulagé ? Mais pourquoi voudrait-elle changer puisqu'elle était déjà parfaite ?

— Pour moi, c'est Catherine.

— Ça fait plaisir de te revoir.

Était-elle sincère ? Ou juste polie ? L'horreur qu'il avait aperçue dans son regard n'était pas un effet de son imagination, il en avait la certitude. Et à présent, était-ce du regret qu'il voyait dans ses yeux ? Du regret et… de la curiosité ? Avait-elle envie de voir par elle-même l'homme qu'il était devenu ? La bête, même… Les tabloïds étaient rarement tendres.

Du coin de l'œil, Alaric percevait le regard réprobateur de Dorothea qui lui intimait de répondre de manière appropriée. Il s'éclaircit la voix.

— J'espère que tu as fait un bon voyage ?

Parfait. Ça, c'était poli. Attentionné.

— Oui, merci.

Catherine s'avança vers lui, les mains levées. Allons bon, avait-elle l'intention de le serrer dans ses bras ? Pas question. Il pivota sur lui-même.

— Je vais te faire visiter la maison.

Il s'éloigna à grands pas dans le couloir. Les grandes démonstrations de tendresse, très peu pour lui. Il n'avait aucune envie qu'elle le voie de près. Face à sa perfection, il se sentait encore plus abîmé.

— Hé, Alaric, attends-moi !

Il ne ralentit pas. Passant la main dans ses cheveux il continua d'avancer, très conscient du bruit de ses pas derrière lui. Même l'accent américain qu'elle avait pris au fil des ans le hérissait. Hollywood ne lui avait peut-être pas imposé le scalpel, mais après avoir baigné dix ans dans ce milieu était-elle encore reconnaissable intérieurement ? Peu probable. Avait-il envie de le découvrir ? Non. S'en moquait-il vraiment ? Il réprima un soupir. Non, il ne s'en moquait pas. Mais il devrait. Sinon il risquait de réveiller des sentiments qu'il s'interdisait depuis longtemps. Il ne méritait pas de s'intéresser à quelqu'un. Comme il ne méritait pas qu'on s'intéresse à lui. Une raison de plus pour laquelle il aurait dû refuser de la recevoir. Il aurait dû dire non à Flo au lieu de céder à son chantage affectif.

Flo. Sa petite sœur qui se mêlait de ce qui ne la regardait pas. Elle avait su quels arguments employer. Elle avait trouvé facilement le défaut de la cuirasse. Autrefois Catherine était son talon d'Achille, et malgré tous ses efforts pour tenter de se convaincre qu'aujourd'hui il n'avait pas à se soucier d'elle, il avait été incapable de dire non à Flo.

Et qu'avait raconté Flo à Catherine au fil des années ? Il savait ce que sa sœur pensait de la vie qu'il menait, mais que pensait-elle exactement de l'homme qu'il était devenu ?

Deux ans plus tôt, dans cette maison, elle n'avait pas caché son indignation quand il avait refusé d'aller voir leur mère, à qui les médecins venaient de diagnostiquer un cancer. Et à Noël dernier, elle avait été encore plus virulente quand il avait de nouveau refusé. Mais voir la pitié dans les yeux de ceux qu'il aimait et qui le considéraient autrefois comme invincible… Non, il ne pouvait pas s'y résoudre.

Et pourtant, le mois dernier, quand Flo l'avait supplié d'accueillir Catherine, il avait craqué. « S'il te plaît, Alaric, elle a besoin de se mettre à l'abri de la tempête médiatique qui risque de la détruire. » Une tempête médiatique déclenchée par la rupture retentissante de Kitty Wilde avec son partenaire à l'écran comme à la ville, Luke Walker, star hollywoodienne comme elle. Un homme qui était tout ce que lui-même n'était pas et ne serait jamais… D'un geste, Alaric indiqua une pièce sur la droite.

— La salle à manger.

Comment avait-il réussi à parler malgré la bouffée de jalousie qui venait de lui couper le souffle ? C'était un miracle… Mais il ferait quand même mieux de se ressaisir. Cette jalousie mal placée était ridicule. Il sentit que Catherine s'était arrêtée sur le seuil de la pièce, mais il ne se retourna pas.

— Elle ouvre sur la terrasse et la vue est belle. J'y dîne souvent, mais tu peux choisir de manger où tu veux.

Il se remit en marche. Le message était clair, non ? Il n'attendait pas d'elle qu'elle partage ses repas, et il préférerait même qu'elle s'en abstienne. Mieux valait ne pas imaginer le regard noir que lui aurait lancé Dorothea si elle l'avait entendu…

— Alaric ?

Catherine courait de nouveau derrière lui, mais pas question de ralentir.

— À gauche, c'est mon bureau, dont tu n'auras pas

besoin. La porte suivante ouvre sur la salle de sport. Elle est entièrement équipée. Tapis de course, vélo stationnaire, cross trainer, rameur, poids… Si tu as besoin d'aide pour les faire fonctionner, dis-le à Andreas ou à Marsel lorsqu'il est là.

— Pas à toi… ?

Il lui jeta un coup d'œil par-dessus son épaule, en prenant soin de présenter son profil intact.

— Je préférerais que ce soient eux qui t'aident.

— Oh…

Il y avait une telle déception dans cette simple syllabe prononcée d'une voix douce qu'il fut pris de remords et faillit retirer ce qu'il venait de dire.

— Il y a aussi un hammam, un sauna, un jacuzzi et une douche extérieure. Et un escalier qui descend à la piscine.

Il indiqua la dernière porte, sur la droite.

— Le reste du rez-de-chaussée est occupé par la bibliothèque. Elle est bien fournie et tu devrais y trouver ton bonheur. Sinon dis-le à Dorothea ou à Andreas pour qu'ils passent une commande.

Il attendit pendant qu'elle jetait un coup d'œil dans la pièce avec un sourire ravi. Elle avait toujours aimé la lecture. C'était un de leurs goûts communs. Une image s'imposa à l'esprit d'Alaric. Catherine et lui installés sur le canapé en U devant la baie vitrée donnant sur la mer Égée. Submergé par une vague de nostalgie, il serra les dents.

— Je suis sûre que ce ne sera pas nécessaire. J'ai hâte d'explorer les rayonnages.

Il émit un grognement et repartit en direction des marches en pierre qui conduisaient à l'entresol. Il était odieux. Positivement odieux. Mais impossible de changer d'attitude. Parce que ça l'obligerait à regarder de nouveau Catherine. Et il se reverrait avec elle sur le canapé. Une pure illusion. Parce que dans cette image telle qu'elle s'était imposée à son esprit, il était lui aussi parfait. Sans cicatrice. Heureux.

C'était insupportable. À une époque il avait rêvé d'être avec elle. Il y avait même cru. Il s'était imaginé qu'un jour il la rejoindrait dans son univers glamour et qu'il l'éblouirait. Qu'il serait assez doué. Assez brillant pour ça. Mais l'accident avait détruit ce rêve… Il l'avait même privé de sa capacité à rêver. Le souvenir de son meilleur ami et de la femme et l'enfant qu'il avait laissés derrière lui le torturait. Aujourd'hui encore le remords restait aussi cuisant que le jour où il avait appris la mort de Fred. Alaric fut obligé de serrer les poings pour empêcher ses doigts de trembler.

— Waouh !

Il se retourna vers Catherine, qui était entrée dans le salon à sa suite et promenait autour d'elle un regard ébloui.

— Cette pièce est sublime !

Il s'éclaircit la voix mais il renonça à parler. Que dire ? Il n'avait qu'une pensée en tête. Qu'elle aussi était sublime. Mais pas question de le dire. D'autant plus que c'était une évidence. Elle était consciente de sa beauté. Elle flirtait jour et nuit avec les caméras. Elle savait quelles poses étaient les plus flatteuses… Sauf qu'elle ne posait pas. Son émerveillement semblait sincère. Elle devait pourtant avoir l'habitude de se rendre dans des endroits splendides. Pourquoi sa maison l'impressionnait-elle autant ? À moins qu'elle joue la comédie ? C'était son métier, après tout…

— C'est toi qui as conçu cette maison ?

Fuyant son regard, il se dirigea vers le bar à l'autre bout de la pièce et prit deux verres sous le comptoir.

— Oui. Tu veux boire quelque chose ?

— De l'eau, s'il te plaît.

— Gazeuse, toujours ?

— Oui, merci.

Elle se promena dans la pièce, effleurant du bout des doigts les fauteuils, le buffet ancien, levant les yeux vers les tableaux aux couleurs vives qui étaient accrochés au-dessus.

— Cette pièce me plaît vraiment beaucoup.

Les tableaux aussi lui plaisaient ? Savait-elle que…

— C'est toi qui as peint ces tableaux ?

Elle se tourna vers lui et il baissa les yeux avant de se pencher pour prendre une bouteille d'eau gazeuse dans le réfrigérateur.

— Oui.

— Récemment ?

— Non.

Allons bon, il n'avait pas voulu répondre sur un ton aussi brusque. Mais il n'avait rien peint de valable depuis des années. Il n'avait toujours pas retrouvé la motricité de la main gauche nécessaire. Il posa le verre d'eau gazeuse sur le comptoir et entrouvrit la porte-fenêtre pour sortir sur la terrasse avec le sien à la main. Le contraste entre la chaleur de la mi-journée et la fraîcheur qui régnait dans la pièce climatisée était saisissant. Suffoqué, il inspira profondément. Il aimerait tant être capable de soutenir son regard, d'avoir une conversation normale avec elle… En fait, il était déchiré entre le besoin de garder ses distances et l'envie de savourer sa compagnie. De faire tout ce qu'il aurait fait… aurait pu faire, autrefois. Mais aujourd'hui il n'était plus à la hauteur. Il se sentait brisé, vide, inintéressant. Comment pourrait-il être digne d'intérêt quand il vivait en ermite, avec un corps qu'il ne reconnaissait pas comme étant le sien ? Il entendit les pas de Catherine derrière lui et garda les yeux fixés sur la mer.

— La maison était en ruines quand j'ai acheté l'île. Je l'ai fait rénover et agrandir.

Elle passa devant lui et avança jusqu'au bord de la terrasse. Soulagé qu'elle concentre son attention sur la vue, il la suivit et s'immobilisa près d'elle, du côté où elle verrait son profil intact si elle tournait les yeux vers lui.

— C'est bien d'avoir laissé la pierre nue. Ça donne une

âme à la maison tout en lui permettant de se fondre dans le paysage.

Il émit un grognement approbateur, à la fois surpris et heureux qu'elle ait si bien compris ses intentions.

— Une partie de cet étage et celui du dessous, occupé par les chambres, ont été creusés dans la falaise. Si bien qu'elle ne domine pas le paysage. Ça présente aussi l'avantage de préserver une certaine fraîcheur dans les chambres quand la climatisation ne fonctionne pas.

— Ta maison a la tête en bas ?

Il se surprit à sourire.

— C'est un peu ça, oui. Et avoir une chambre qui ouvre sur la piscine est très pratique quand on aime nager au réveil.

Elle se tourna vers lui.

— Tu nages tous les matins ?

— Oui.

Si seulement elle pouvait arrêter de le regarder et reporter son attention sur la vue... S'efforçant de surmonter son anxiété, il inspira profondément. Ce qui lui valut d'être assailli par une bouffée de parfum. Fleurs et vanille. Frais et sensuel. Une chaleur qu'il n'avait pas ressentie depuis des années se répandit dans ses veines. Crispant la mâchoire, il s'agrippa à la balustrade. Catherine. La tentation personnifiée. Même au bout de dix ans, même après ce qui s'était passé, il était toujours aussi attiré par elle. Sa sœur savait exactement ce qu'elle faisait quand elle lui avait demandé de la recevoir. Et il était tombé dans le piège. Quel idiot ! Catherine se retourna, s'accouda dos à la balustrade et offrit son visage au soleil, les yeux fermés.

— Je comprends pourquoi tu t'es installé ici.

Elle semblait sereine. Heureuse. Il ne restait pas la moindre trace de l'horreur qu'il avait lue sur son visage dans la cuisine. L'aurait-il imaginée ? À vrai dire, il ne se souvenait pas très bien de son expression à ce moment-là.

À présent elle était si fascinante qu'il ne parvenait pas à détacher ses yeux d'elle. Le soleil allumait des nuances subtiles dans ses cheveux d'or. Ses cils épais dessinaient des petits croissants sombres sur ses joues roses, et ses lèvres entrouvertes laissaient entrevoir le bout de sa langue entre des dents parfaites. Ce visage n'était pas dénué de fard. Son maquillage avait été appliqué avec soin. Un trait d'eye-liner pour souligner la racine des cils et une couche de mascara pour les épaissir. Le rouge sur ses pommettes semblait beaucoup plus naturel qu'il ne devait l'être en réalité. Quant à ses lèvres roses, elles brillaient comme si elle venait de les humecter du bout de la langue, alors qu'en réalité elle y avait sans doute appliqué un produit hors de prix. Elle était l'image même de la star hollywoodienne. Il aimerait la détester pour ça. S'en servir pour garder ses distances. Pour refouler tous ces sentiments anciens qui menaçaient de resurgir alors qu'ils n'avaient pas de place dans le présent.

— Et les chambres, alors ?

Ouvrant brusquement les paupières, elle le fixa d'un regard pénétrant. L'aurait-elle observé à travers ses cils ? Il soutint son regard avec plus d'assurance qu'il n'en ressentait réellement et s'éclaircit la voix.

— On peut y accéder par l'extérieur ou bien rentrer dans la maison et descendre l'escalier.

— Je te suis.

Déglutissant péniblement, il rentra dans le salon, posa son verre sur le comptoir et prit l'escalier. Allait-il passer… combien de temps avait-il accepté de l'héberger ? Un mois ? Allait-il passer un mois entier dans cet état ? Il fallait terminer cette visite de la maison au plus vite. Il aurait accompli son devoir d'hôte et il pourrait s'isoler de nouveau. Retrouver un semblant d'équilibre. Du moins jusqu'au dîner…

3.

Catherine suivit Alaric, parcourue de longs frissons. C'était incroyable, elle n'avait jamais été en proie à un tel désir… Elle en avait la chair de poule. Que lui arrivait-il ? Comment pouvait-elle désirer un homme que sa présence dérangeait visiblement au plus haut point ? Un homme qui pouvait à peine se résoudre à la regarder ? Était-ce son penchant d'adolescente qui se réveillait ? Des sentiments anciens qui n'avaient pas leur place dans un présent où elle ne pouvait même plus se considérer comme une véritable amie de celui qui les inspirait ? Une véritable amie n'aurait pas attendu aussi longtemps pour venir sur cette île. Une véritable amie aurait ramené Alaric dans le monde des vivants au lieu de le perdre de vue. Sauf que même sa famille n'avait pas réussi à l'arracher à son exil volontaire. Pourquoi Flo s'imaginait-elle qu'elle en était capable ?

— Tu leur manques, tu sais.

Les épaules d'Alaric se raidirent et elle retint son souffle. Il continua son chemin sans un mot. Allons bon, elle avait déjà commis un impair. Dès le premier jour. Attendre au moins une semaine avant d'aborder le sujet sensible aurait sans doute été préférable. Ou peut-être pas ? En tout cas elle ferait bien de se ressaisir. Il fallait qu'elle parvienne à maîtriser les émotions qui l'agitaient. Mais comment faire quand la seule présence d'Alaric semait le trouble à la fois dans son corps et dans son esprit ? Il avait tellement changé.

Pas seulement physiquement. C'était surtout son attitude qui était déstabilisante. Il saisissait toutes les occasions de la tenir à distance. Soit il était mal à l'aise, soit il n'avait aucune envie qu'elle soit là. Elle ne voulait pas croire la seconde hypothèse. Mais Alaric mal à l'aise ? Timide ? Nerveux ? Il avait toujours été si sûr de lui, si sexy, si drôle ! C'était lui qui avait peint les splendides tableaux aux couleurs vives accrochés dans le salon. Lui qui l'avait fait pleurer de rire des centaines de fois. Lui qui lors de son seizième anniversaire lui avait chanté devant tout le monde une chanson pleine de sous-entendus coquins. Ils avaient toujours partagé cette inclination inexprimée. À propos de laquelle ils plaisantaient librement sans jamais prendre le risque de franchir les limites de l'amitié. Puis la vie les avait séparés. Sa carrière l'avait conduite à Los Angeles tandis que celle d'Alaric lui avait fait parcourir l'Europe. Et après l'accident… il s'était coupé de tout le monde. Le cœur serré elle considéra son dos, toujours aussi raide. En bas de l'escalier, il indiqua une porte sur la gauche.

— Ta chambre.

Sans la regarder, il ouvrit la porte et lui fit signe d'entrer. Elle réprima un soupir de frustration. Ne supportait-il plus de la regarder ? Ou bien voulait-il éviter qu'elle le regarde ? Elle ouvrit la bouche et la referma. Que dire ? Que faire pour détendre l'atmosphère et retrouver leur ancienne complicité ? Dès qu'elle entra dans la chambre ces questions furent momentanément reléguées au second plan. Un immense lit qui semblait flotter miraculeusement dans l'air, des murs de pierre, un sol en terre cuite, et une baie vitrée ouvrant sur la piscine à débordement, avec une vue à couper le souffle sur la mer. Elle avait l'habitude d'occuper les suites les plus luxueuses des palaces dans lesquels elle descendait, mais aucune de celles dans lesquelles elle avait dormi ne soutenait la comparaison avec cette chambre magique.

— Ça te va ?

Alaric s'était rapproché d'elle et sa voix fit courir un frisson le long de sa colonne vertébrale.

— Si ça me va ? C'est… C'est incroyable…

Elle se retourna vers lui mais il s'écarta aussitôt et indiqua un panneau de commande à côté de la porte.

— Tu peux régler la température. Chaque pièce dispose de son propre thermostat. Et si tu as envie de prendre le petit déjeuner au lit, il suffit de prévenir Dorothea. Le téléphone intérieur est sur la table de chevet.

Il franchit une arcade située à gauche de la pièce.

— Ton dressing conduit à ta salle de bains privée.

Elle le suivit, de plus en plus éblouie. Même la salle de bains donnait sur la mer.

— La baie vitrée te permet de profiter de la vue, mais personne ne peut te voir de l'extérieur, précisa-t-il.

La baignoire était orientée face à la vue, tandis que la double cabine de douche à l'italienne semblait creusée dans la roche. Deux vasques en cuivre en forme de bol, montées sur un socle en béton ciré, complétaient l'équipement.

— Il y a des gants, des serviettes, des produits de toilette. Les commandes de la douche ne posent pas de problème mais si tu as besoin d'aide, il suffit…

— D'appeler Dorothea ou Andreas. J'ai compris le message.

Regrettant d'avoir parlé sur un ton plus vif qu'elle ne l'aurait voulu, elle ajouta d'un ton enjoué :

— Si c'est la chambre d'amis, je suis très curieuse de voir à quoi ressemble la tienne !

Il lui jeta un coup d'œil furtif puis il quitta la salle de bains sans répondre. Elle le suivit, prête à insister, mais quand elle arriva dans la chambre son regard fut attiré par un tableau qu'elle n'avait pas vu en arrivant. Les couleurs éclatantes, les silhouettes entrelacées, le coup de pinceau si caractéristique…

— Ce n'est pas la chambre d'amis. C'est la tienne, n'est-ce pas ?

Il se dirigea vers la baie vitrée et pressa un bouton sur le mur voisin.

— Tu peux baisser les stores et ouvrir la baie vitrée à partir d'ici. Ou bien utiliser le bouton situé à côté du lit.

Elle s'approcha de lui avec circonspection, tandis qu'il appuyait de nouveau sur le bouton pour immobiliser les stores.

— J'ai compris, Alaric.

Elle avait voulu parler des commandes, mais quand elle prononça ces mots ce fut comme pour lui dire bien autre chose. Qu'elle le comprenait, lui. Qu'elle ne lui en voulait pas d'être aussi fuyant. Il passa à côté d'elle en se contentant d'un bref hochement de tête, mais elle posa la main sur son bras.

— Alaric ?

S'efforçant d'ignorer la décharge électrique qui se répercutait dans tout son corps, elle ajouta :

— Arrête-toi une seconde et regarde-moi… s'il te plaît.

Il lui jeta un coup d'œil en biais mais il ne se tourna pas vers elle.

— C'est ta chambre, n'est-ce pas ?

— Quelle importance ?

— Je ne veux pas te priver de ton espace.

D'autant plus que je ne suis visiblement pas la bienvenue.

— Tu ne me prives de rien.

— Si. Et je ne le veux pas.

— Crois-moi, Catherine, la chambre d'amis me convient parfaitement. Je n'ai pas l'utilité du dressing. Alors que toi si, à en juger par tes bagages…

Indiquant les valises et les sacs posés à côté de l'entrée, il s'éloigna d'elle.

— Je crois que Marsel a tout descendu, mais s'il manque quelque chose ou si tu as besoin de quoi que ce soit, il suffit d'appeler.

— N'importe qui sauf toi…

— Il faut que j'aille travailler, Catherine.

Elle sentit son cœur se serrer. Comme si c'était le travail qui le faisait fuir… Mais peut-être en avait-il réellement ? Peut-être était-elle injuste avec lui ?

— Je te verrai au dîner. À 19 heures.

Elle ouvrit la bouche, mais trop tard. Il avait déjà disparu. Pas même « Bon après-midi. » Rien. Et maintenant, elle se sentait… toute chamboulée. Jamais ça ne lui était arrivé. D'ailleurs, c'était bien la première fois que ce mot lui venait à l'esprit ! Le téléphone de Catherine se mit à vibrer dans son sac. Elle le consulta aussitôt. Un nouveau message de Flo.

Tu l'as vu ?

Oui…

Elle se mordit la lèvre. Que pouvait-elle dire d'autre ? Que *devait-elle* dire d'autre ? Flo était déjà si inquiète pour son frère…

Il était là quand je suis arrivée à la maison.

Comment va-t-il ?

Elle déglutit péniblement. Impossible de mentir à Flo.

Différent. Distant.

As-tu au moins réussi à lui arracher un sourire ?

Avait-elle réussi ? Il en avait bien esquissé un quand elle avait dit que sa maison avait la tête en bas. Le reste du temps…

Pas vraiment.

A-t-il été désagréable ? Si oui, je veux le savoir. Je ne t'ai pas envoyée là-bas pour que tu te fasses maltraiter.

— Maltraiter ? s'exclama Catherine avec stupéfaction.

Ne dis pas n'importe quoi, Flo ! Il doit faire un immense effort d'adaptation. Tu le sais. N'est-ce pas pour cette raison que tu m'as demandé de venir ici ?

Exact. J'espérais juste qu'avec toi il ferait au moins semblant d'être aimable.

Donne-lui un peu de temps et laisse-moi faire. Bisous.

Catherine soupira. Pourvu que ce message rassure Flo. À ce stade de sa grossesse son médecin lui avait ordonné le repos le plus strict.

Désolée, Cath. Je sais qu'il ne peut pas être entre de meilleures mains. Si quelqu'un a une chance de réussir à l'aider, c'est toi. Merci ! Gros bisous.

Catherine sourit. Il ne lui restait plus qu'à être aussi confiante que Flo. Elle regarda par la baie vitrée. La piscine était très tentante… Oui. Nager, prendre un peu le soleil, puis se concentrer pendant un moment sur son scénario avant le dîner. Avec un peu de chance, elle arrêterait de penser pendant quelques heures à Alaric et au chemin semé d'embûches qui l'attendait.

Alaric prit ses jambes à son cou et monta dans son bureau. Se retrouver dans sa chambre en compagnie de Catherine qui réclamait son attention… Quelle épreuve ! Il avait été trop tenté d'oublier la tête qu'il avait aujourd'hui et de laisser ce lien se renouer. Flo et sa manie de se mêler de ce qui ne la regardait pas… Tout était de sa faute ! Son téléphone émit un signal. Il le sortit de la poche arrière de son pantalon et esquissa une moue de dérision. Flo… Avait-elle en plus le don de télépathie ?

Sois aimable. S'il te plaît !

Il grimaça. Catherine avait-elle déjà fait son rapport ?
— Tu es bien exigeante, petite sœur…

J'essaie.

Après avoir envoyé sa réponse, il activa le mode « Ne pas déranger » et considéra les écrans disposés autour de son bureau. Non. Il n'y avait qu'un seul moyen d'évacuer le stress. S'épuiser dans la salle de sport. Sport d'abord, travail ensuite. Plusieurs heures plus tard, il dut reconnaître son échec. Il avait réussi à éviter Catherine physiquement, mais elle n'avait pas quitté son esprit un seul instant. Son sourire, sa voix, ses yeux quand ils cherchaient les siens, ses lèvres quand elle les humectait parce qu'elle était embarrassée, vulnérable. À cause de lui, de son attitude… À chaque fois qu'elle avait ce réflexe, il culpabilisait. Parce que dans ces moments-là elle n'était pas Kitty Wilde, la star de cinéma, elle était Catherine, son amie d'enfance pour qui il aurait fait n'importe quoi autrefois. Ce qui le rendait vulnérable à son tour. Il avait passé des heures à courir, ramer, pédaler, soulever des poids… rien n'y faisait. Rien ne l'aidait à la chasser de son esprit. À l'heure du dîner, il mourait de faim, mais il avait l'estomac noué à l'idée de la revoir. « Sois aimable », avait dit Flo. En était-il encore capable ? Après tout, c'était temporaire. Quelques semaines d'efforts, puis il pourrait reprendre son existence recluse. Sa sœur n'aurait plus de reproches à lui adresser mais des remerciements. Rien que pour retrouver la paix, ça valait la peine d'essayer.

4.

Deux choses frappèrent Catherine simultanément. Elle ne savait pas comment s'habiller pour le dîner. Et il n'y avait pas de miroir dans la chambre d'Alaric. À quoi servait un dressing sans miroir ? À rien. Elle inspecta les murs, elle vérifia l'intérieur des penderies. Aucun miroir. À part celui qui était au-dessus des deux vasques de la salle de bains et dans lequel elle ne pouvait pas se regarder en pied. Enveloppée dans un drap de bain blanc, elle étudia son visage dans le miroir en question et souffla sur sa frange mouillée. Elle était écarlate. Malgré la climatisation et la douche qu'elle venait de prendre, elle avait toujours aussi chaud. Voilà ce qui arrivait quand on courait dehors sous le soleil en plein après-midi. Mais elle n'avait pas eu le choix. À cause d'un rameur forcené couvert de sueur du nom d'Alaric.

Une nouvelle bouffée de chaleur assaillit Catherine au souvenir du spectacle qu'elle avait découvert en ouvrant la porte de la salle de sport. Alaric à moitié nu, en train de ramer comme si sa vie en dépendait. Les muscles saillants sous la peau luisante. Il était si concentré qu'il ne l'avait pas vue, figée sur le seuil, bouche bée. Heureusement ! Elle avait tourné les talons et elle était partie courir sur le chemin qui sinuait à travers l'oliveraie. La chaleur était insupportable, mais elle avait eu pour effet de lui vider l'esprit. Alors que rien jusque-là ne l'avait aidée à chasser Alaric de ses pensées, pas même son scénario. Et au moins, avec toutes les calories qu'elle avait brûlées, elle pourrait savourer la pita de Dorothea sans culpabiliser… Mais le problème du miroir restait entier. Elle souffla de nouveau sur sa frange. Elle était déjà en retard et la rougeur de sa peau n'allait pas disparaître miraculeusement. Elle tendit la main vers sa trousse de maquillage… et se figea. Quelle idiote ! Pas de miroirs, pas de reflets. Il ne supportait pas de se voir. La gorge nouée, elle fut envahie par un grand froid qui calma instantanément la sensation de chaleur. Inspirant profondément, elle murmura :

— Tu n'as pas besoin de te cacher, Alaric. Ni de moi, ni de toi-même, ni de personne… Je vais te le prouver.

Alaric consulta sa montre et tira sur son col. Pourquoi avait-il mis une chemise ? Il était chez lui, il pouvait s'habiller comme il voulait ! Bien sûr. Mais en face de Catherine il avait une conscience encore plus aiguë de son visage balafré. 19 h 30… Comment pouvait-on être en retard d'une demi-heure quand on avait juste un escalier à monter ? Il fit signe à Dorothea qui arrivait du couloir.

— Pouvez-vous aller voir si…

Il s'étrangla. Catherine venait d'apparaître derrière Dorothea. Où se croyait-elle ? Aux Oscars ? Ses cheveux étaient de nouveau relevés en chignon, mais cette fois si des mèches s'en échappaient c'était étudié. Lisses et brillantes, elles encadraient harmonieusement son visage. Sa robe était d'un rouge éclatant aussi provocant que son décolleté en V qui dévoilait la courbe de chaque sein. Ajustée à la taille, elle moulait les hanches et s'arrêtait à mi-cuisses. Catherine était l'assurance, la grâce et la sensualité incarnées. Comment ne pas être pétrifié ? Il jurerait que son cœur s'était arrêté de battre… Incapable d'émettre le moindre son, d'esquisser le moindre geste, il resta figé, bouche bée, les yeux fixés sur Kitty. Non, Catherine…

— *Ti ?* demanda Dorothea avant de se retourner. Ah ! Mademoiselle Wilde ! Je me demandais si vous aviez fondu dans la baignoire…

Les deux femmes pouffèrent en chœur, puis Catherine posa les doigts sur ses lèvres carmin. Scandaleusement sublime…

— Excusez-moi d'être en retard, je…

— Mieux vaut tard que jamais, coupa-t-il d'un ton brusque.

Redressant les épaules, il ignora le regard noir de Dorothea.

— Désolée, murmura Catherine avec une moue contrite.

Aussitôt, il fut assailli de remords. Quel besoin avait-il eu de faire cette réflexion stupide ? Pourquoi tenter de la culpabiliser ? En réalité, s'il était aussi furieux ce n'était pas à cause de son retard mais de sa propre fébrilité.

— Je vais aller mettre les pitas au four, déclara Dorothea, rompant le silence embarrassé.

Catherine se dirigea vers Alaric dans un claquement de talons aiguilles. Il lui avança une chaise en se raidissant, conscient de son regard sur lui. Un regard beaucoup trop curieux. Savait-elle à quel point elle le troublait ?

— Que se passe-t-il, Alaric ? Tu fais la même tête que le jour où tu m'as sauvée de la noyade dans ta piscine, plaisanta-t-elle en riant, avant de s'asseoir.

Il se surprit à rire aussi. La vie était si différente à cette époque… Ils étaient tous les deux si différents… Elle était une jeune fille insouciante et pleine de vitalité, qui rêvait de faire du cinéma. De son côté, il était frustré par la vie en pension et l'obligation de réussite. Quoi d'étonnant à ce qu'il ait été aussi fasciné par elle ?

— Tu m'as fait une peur bleue ce jour-là.

— Heureusement que tu étais là pour voler à mon secours !

Fuyant son regard, il s'assit à son tour. Quatorze ans

plus tôt quand il l'avait sortie de la piscine, elle avait seize ans et lui vingt. Quand elle s'était accrochée à son cou en le regardant comme s'il était son héros… il avait eu envie de la garder dans ses bras pour toujours. De la protéger, de l'adorer. C'était avant qu'elle devienne une star, avant l'accident qui lui avait laissé tant de cicatrices extérieures et intérieures. Aujourd'hui elle était ici, sur son île, à la recherche d'un refuge contre le monde extérieur. Tout à coup il avait de nouveau le sentiment d'être son héros, son sauveur. C'était une sensation grisante mais terriblement dangereuse… Il prit la bouteille de vin blanc dans le seau à glace et remplit leurs verres. Peu importaient les risques qu'il courait. Elle avait besoin de ce refuge. Du moins c'était ce que Flo avait affirmé. Mais à la voir si assurée, si parfaite, c'était difficile à croire. Était-elle réellement en fuite ou bien sa sœur en avait-elle rajouté pour l'obliger à retrouver un semblant de vie sociale ?

— Quelle est la véritable raison de ta présence ici, Catherine ?

— Tu la connais.

— Tu veux éviter les médias ?

Elle prit son verre, but une gorgée de vin et la dégusta longuement.

— C'est un petit peu plus compliqué que ça… mais en gros oui, finit-elle par répondre.

— Plus compliqué ?

Elle baissa les yeux sans répondre. Il hésita. Bien sûr, il avait envie de savoir, mais mieux valait ne pas insister.

— Flo m'a dit que tu écrivais un scénario ?

Elle releva les yeux avec un pâle sourire.

— Oui, ça fait longtemps que ça me trotte dans la tête.

— Et tu comptes profiter de ton séjour ici pour t'y mettre ?

— C'est le plan, oui.

— Pourquoi ne peux-tu pas écrire chez toi ?

— Parce que chez moi j'ai du mal à me concentrer, répondit-elle en reprenant son verre. Je suis sûre que Flo t'a expliqué.

Ses doigts tremblaient, constata-t-il avec un pincement au cœur. Pourquoi ?

— Elle m'a expliqué que les journalistes te harcèlent depuis ta rupture avec… comment s'appelle-t-il, déjà ?

— Luke. Comme tu le sais certainement, ajouta-t-elle en dardant sur lui un regard pénétrant.

Il esquissa un sourire.

— Je plaide coupable.

Se doutait-elle qu'il ne pouvait pas prononcer le nom de cet homme sans être assailli par la jalousie ? Sans se demander s'il y avait un fond de vérité dans ce que racontaient les tabloïds au sujet de leur rupture ? Flo avait laissé entendre que ce n'étaient que des ragots, mais…

— C'est vrai ?

— Quoi donc ?

— Ce que raconte la presse ?

Elle but une nouvelle gorgée de vin.

— En partie.

— Tu as eu une aventure, et c'est pour ça tu as annulé les fiançailles ?

Elle s'étrangla avec son vin et lui lança un regard indigné.

— Non ! Je n'ai pas eu une aventure. Enfin, Alaric !

— Je ne fais que répéter ce que racontent les médias.

— Tu devrais me connaître mieux que ça !

— Je ne te connais pas, Catherine. Plus maintenant. C'est pour ça que je te pose des questions. De toute façon, quelle que soit la vérité, il vaut mieux avoir mauvaise presse que pas de presse du tout, non ? Je crois que c'est Oscar Wilde qui l'a dit. Et c'est sans aucun doute le cas à Hollywood. Je suis sûr que ta conseillère en communication en profite pour faire de la publicité à ton prochain film avant sa sortie.

Après tout, vous partagez tous les deux l'affiche et vous formez un couple à l'écran…

— Tu sembles en savoir beaucoup sur ma vie professionnelle *et* personnelle…

— Tout ce bruit est donc plutôt une bonne chose, non ? éluda-t-il.

— Je préférerais que les médias ne s'en mêlent pas…

— Parce que l'image qu'ils donnent de toi ne te plaît pas ?

— À ton avis ? Te plairait-elle si tu étais à ma place ?

Elle poussa un profond soupir.

— En fait, ils peuvent dire ce qu'ils veulent, je m'en moque. Les raisons de notre rupture ne regardent que Luke et moi.

— Peut-être, mais ta brillante carrière à Hollywood implique que les projecteurs soient braqués sur toi en permanence. Tu insinues que tu es fatiguée de tout ça ?

Elle pinça les lèvres.

— Est-ce si difficile à croire ?

— Tu as travaillé avec acharnement pour devenir une star. L'exposition médiatique fait partie des risques du métier, non ?

— Tu ne crois pas que même une star a droit à un minimum de respect de sa vie privée ?

— Tu as choisi cette carrière, Catherine. Tu as choisi de marcher sur les pas de ta mère et même de la dépasser. Que t'imaginais-tu ? Que tu échapperais miraculeusement à l'attention constante dont elle se délectait ? Il me semble que tu joues les pauvres victimes alors que tu ne peux t'en prendre qu'à toi.

Elle se raidit sur son siège.

— Si tu as une aussi mauvaise opinion de moi, pourquoi avoir accepté de me recevoir ici, Alaric ?

— Parce que la Catherine que j'ai connue autrefois n'aurait eu besoin de s'isoler ici qu'en cas de nécessité absolue.

— Et aussi parce que Flo te l'a demandé ?

Il haussa les épaules.

— Aussi, oui.

— Sérieusement, Alaric, si j'avais su que j'étais aussi indésirable, je ne serais pas venue.

— Tu n'es pas indésirable.

Menteur. Ou bien était-ce la vérité ? Au fond ce qui le déstabilisait le plus n'était-ce pas qu'il appréciait toujours la compagnie de Catherine ? Même s'ils appartenaient à deux mondes différents. Elle était constamment dans la lumière, que ça lui plaise ou non. Alors que de son côté il se cachait dans l'ombre et il faisait tout pour y rester. Il avait baissé sa garde une seule fois, et une photo de lui s'était étalée dans tous les médias. Accompagnée de commentaires horrifiés et de conjectures sur ce que pouvait ressentir l'héritier de l'empire De Vere après avoir perdu non seulement son meilleur ami mais aussi sa beauté ravageuse. Il réprima une nausée. Quelle humiliation… Mais surtout, quel cauchemar pour Cherie, la veuve de Fred…

— Pas indésirable ? répéta Catherine, le ramenant au présent. Je ne l'aurais jamais cru.

Alors qu'elle plongeait son regard dans le sien, il se surprit à esquisser un sourire. La seule pensée ayant le pouvoir de l'arracher un instant à sa souffrance venait de s'imposer à lui. Elle serait venue de toute façon. Indésirable ou pas. C'était certain.

— Qu'y a-t-il ? Pourquoi me regardes-tu comme ça, Alaric ?

— Quelque chose me dit que, même si tu avais eu la certitude d'être indésirable, tu serais venue quand même…

— Qu'est-ce qui te fait dire ça ?

— Comme moi, tu ne sais pas dire non à Flo.

La moue perplexe de Catherine se mua en sourire et il pouffa. C'était réconfortant de savoir que, comme lui, elle ne pouvait pas s'empêcher de céder à tous les caprices de Flo. Ça faisait apparaître la Catherine d'autrefois sous la façade policée de Kitty Wilde.

— Ma sœur est très douée pour obtenir ce qu'elle veut.

Le sourire de Catherine s'élargit.

— Oui, et autrefois tu l'étais toi aussi.

Yeux dans les yeux, ils se turent tandis qu'une foule de souvenirs se réveillaient. Les bons, les mauvais et tous les autres. Seuls le bourdonnement des insectes et le murmure des vagues troublaient le silence. Alaric s'accorda un instant de nostalgie. Remonter le temps… Plonger dans cette piscine pour la repêcher après sa chute dans l'eau, la voir le regarder avec adoration pendant que sa mère l'accablait de reproches pour sa maladresse…

— Mais je ne te mentirai pas, Alaric. J'avais envie de te voir. De voir où tu vis. De… savoir comment tu vas.

— Je vais bien.

— Vraiment ?

Il crispa la mâchoire et détourna les yeux. Le soleil était en train de disparaître à l'horizon, teintant tout ce qu'il touchait de rose et d'oranger. Un petit voilier dansait sur l'eau au loin, solitaire. Il aimerait tant être à bord… N'importe où plutôt que sur cette terrasse. Catherine était beaucoup trop perspicace. Elle avait toujours su le percer à jour. N'était-ce pas pour cette raison que Flo l'avait envoyée ici… ?

— Tu leur manques, Alaric. Tu nous manques à tous.

— « Nous » ? C'est un peu exagéré, tu ne crois pas ?

Il reporta son attention sur elle, puisant son courage dans la dérision.

— Une fois célèbre, tu n'as plus eu de temps à nous accorder. Alors pardonne-moi si ce « nous » sonne un peu faux.

Elle tressaillit.

— Alaric, tu sais bien que ce n'est pas vrai…

— Vraiment ? Combien de fêtes as-tu manquées au fil des années ? Des fêtes auxquelles Flo t'invitait, pour s'entendre répondre que tu ne pouvais pas venir ?

— J'étais prise. Mon planning a été surchargé pendant longtemps et je ne pouvais pas me libérer, mais Flo comprenait. Nous nous sommes toujours rattrapées à une autre date.

Il garda le silence. Elle voyait sa sœur mais pas lui. Par conséquent, prétendre qu'il lui avait manqué était absurde.

— J'étais accaparée par mon travail, mais ça ne signifiait pas que vous ne me manquiez pas.

— Non ? Et pourtant la dernière fois que je t'ai vue remonte à dix ans.

— J'ai essayé de venir te voir… après l'accident.

Soudain oppressé, il tenta de refouler les souvenirs qui le submergeaient. La souffrance qui les accompagnait était aussi vive que s'ils dataient de la veille.

— Mais tu as refusé de me voir. Tu refusais de voir tout le monde.

— Tu as vite renoncé.

— Que pouvais-je faire d'autre ?

Il s'agrippa au bord de la table, s'efforçant de se ressaisir. Il était injuste. Avant l'accident, il était lui-même très pris. Il avait passé des années à parcourir le monde pour ses affaires, sans jamais rester longtemps au même endroit.

— Maintenant je suis ici, Alaric, ajouta-t-elle d'une voix douce en soutenant son regard. Parce que j'avais envie de te voir.

Il scruta son visage. Elle semblait sincère.

— Est-ce que ça valait la peine ?

— De quoi parles-tu ?

— Être couronnée reine de Hollywood, cela valait-il la peine de te couper de tous les gens qui tenaient à toi ?

— Moi, me couper de tous les gens qui tenaient à moi ? Venant de toi, c'est un peu fort !

Il ne broncha pas, et elle poursuivit.

— Par moments, il faut définir des priorités dans sa vie.

— Vraiment ? Tu tenais tant que ça à suivre l'exemple de ta mère ?

— Alaric, s'il te plaît… Ne me compare pas à elle.

— Pourquoi ? C'est elle qui te répétait sans cesse de faire passer ta carrière avant tout le reste. Tes relations, tes amis, ta famille.

— Alaric…

— Te souviens-tu pourquoi tu étais tout le temps chez nous, autrefois ? Te souviens-tu des raisons qu'elle invoquait pour se débarrasser de toi ? Toujours la même, en réalité, présentée de diverses manières.

— Tu as été très clair, Alaric. Tu peux laisser tomber.

— Est-ce la véritable raison pour laquelle tu as rompu avec Luke ?

Il aurait presque pitié de l'acteur, à présent…

— Était-ce quelqu'un de plus à sacrifier pour pouvoir rester concentrée sur ton rêve ?

Les yeux pervenche lancèrent des étincelles.

— Échafauder les pires hypothèses à mon sujet est très rentable pour les médias. Mais pour toi, peux-tu m'expliquer quel est l'intérêt ?

Il fut surpris par cette attaque directe. Et encore plus surpris par l'évidence de la réponse. Penser du mal d'elle lui permettait de se protéger. De réprimer ses sentiments pour elle. La fille à qui il tenait tant autrefois et avec qui plus rien n'était possible aujourd'hui. Il avait besoin d'éprouver de l'antipathie pour elle. De détester la star de Hollywood qu'elle était devenue. Malheureusement, il n'y parvenait pas.

— Dis-moi ce qui s'est réellement passé entre vous.

Elle pâlit sous son maquillage.

— As-tu envie de parler de ce qui s'est passé il y a trois ans ?

— Non.

La réponse avait fusé. Pensait-elle honnêtement que ce qui s'était passé entre elle et Luke pouvait se comparer à ce qu'il avait vécu ? Avait-elle aimé cet homme au point que la rupture s'apparentait à un deuil ?

— Je ne vois pas le rapport. Ça n'a rien à voir avec…

La voix d'Alaric s'éteignit, alors que Catherine déglutissait péniblement. De toute évidence elle était au bord des larmes. Elle souffrait. Mais puisque c'était elle qui avait rompu, pourquoi cette souffrance ?

— Que s'est-il passé, exactement ?

Elle s'humecta les lèvres et secoua la tête.

— Peu importe. Ce qui compte c'est que je ne suis pas si différente de celle que j'étais il y a dix ans. Nous étions amis à l'époque. Ne pouvons-nous pas l'être encore aujourd'hui ?

— Amis ?

Ce mot déclencha comme une sirène d'alarme dans le cœur d'Alaric.

— Il s'est passé beaucoup de choses depuis cette époque, Catherine.

— Et ?

— Le dîner est servi !

À son grand soulagement, l'arrivée de Dorothea évita à Alaric de répondre. Catherine se tourna vers la gouvernante et ouvrit de grands yeux devant le plateau chargé de plats que celle-ci apportait.

— Tu attends d'autres invités, Alaric ? plaisanta-t-elle.

Dorothea posa le plateau sur la table en riant.

— Je suis convaincue que le secret du bonheur c'est un estomac plein.

Catherine continua de regarder d'un air stupéfait les plats qu'elle posait sur la table.

— Souvlaki de porc. Pita sortant du four. Tzatziki. Salade grecque aux olives de Kalamata, feta, oignon rouge, concombre, tomates, généreusement assaisonnée avec de l'origan et, bien sûr, de l'huile d'olive.

Il avait oublié à quel point il avait faim… Mais Catherine semblait paniquée. Des souvenirs revinrent à la mémoire d'Alaric. Autrefois Catherine mangeait du bout des dents sous l'œil sévère de sa mère, et dès que celle-ci avait le dos tourné il rajoutait de la nourriture dans son assiette… jusqu'au jour où elle avait refusé qu'il continue.

— J'aurais dû te prévenir, dit-il d'un ton plus froid qu'il n'en avait eu l'intention. Dorothea va mettre un point d'honneur à te nourrir copieusement.

Un sourire qu'il ne parvint pas à interpréter étira les lèvres de Catherine.

— Merci, Dorothea. Tout cela semble délicieux

— Et vous ne serez pas déçue, je vous le promets !

Dorothea pivota sur elle-même, le plateau vide contre la poitrine.

— Faites en sorte qu'elle mange bien, *Kyrios* de Vere ! Elle a besoin de se remplumer. Bon appétit !

Alaric crut voir le sourire de Catherine s'estomper. S'efforçant de réprimer sa colère toujours vivace contre sa mère, il déclara d'un ton apaisant :

— Dorothea ne plaisante pas avec la nourriture, assura-t-il d'un ton apaisant. Ne le prends pas personnellement.

Mais quand elle se retourna vers lui, elle avait un air réjoui.

— Il n'y a pas de problème. Je la trouve fantastique !

Il se détendit.

— On peut la décrire comme ça, en effet.

Elle rit de bon cœur.

— Tu l'aimes beaucoup, n'est-ce pas ? Ça se voit.

Il la regarda déplier sa serviette et la poser sur ses genoux. C'était fascinant de la voir aussi rayonnante, tout à coup. Et ça faisait chaud au cœur.

— Elle est très attachante, oui. Tu veux de la pita ?

— S'il te plaît.

Elle regarda les plats étalés sur la table.

— Tout ça est très appétissant, Alaric, mais il va falloir que tu m'aides. Je ne pourrai même pas en avaler la moitié.

Il sourit. La cuisine de Dorothea avait tendance à être addictive.

— On verra. Tu n'as encore rien goûté.

5.

— Je n'en peux plus !

Les mains sur les hanches, Catherine se renversa contre le dossier de son siège avec un grognement étranglé. Elle était incapable d'avaler une bouchée de plus. Dorothea était vraiment une cuisinière exceptionnelle ! Le petit rire d'Alaric fit battre son cœur.

— Qu'est-ce qui te fait rire ?

— T'entendre grogner. Ça ne colle pas tout à fait avec l'image de princesse que tu projettes.

— De princesse ?

— Oui. J'ai toujours eu cette image de toi.

Une princesse gâtée ? Elle faillit protester mais elle se ravisa. Il y avait quelque chose dans les yeux d'Alaric, dans son sourire… Quelque chose qui ressemblait à de l'affection. Aurait-il trop bu ?

— Je grogne parce que j'ai trop mangé.

— Tu n'as pas mangé tant que ça.

— Pour moi, c'est beaucoup.

— C'est Hollywood qui parle ou c'est ta mère ? demanda-t-il d'un ton dur.

— C'est moi.

Au départ, c'était sa mère qui lui avait imposé un régime strict, mais par la suite c'était elle qui avait choisi de s'y tenir. Dans son métier ça n'avait rien d'exceptionnel, mais elle n'avait pas envie de s'attarder sur le sujet. « Tu te souviens pourquoi tu étais tout le temps chez nous, autrefois ? » avait-il demandé un peu plus tôt. Comment pourrait-elle oublier la fréquence avec laquelle ses parents se débarrassaient d'elle ? Plus souvent en tournage ou dans des soirées que chez elle, sa mère vivait en célibataire alors qu'elle ne l'était pas. Et de son côté, pendant que son père buvait et jouait en attendant le retour de sa femme, elle était confiée aux De Vere, qui l'accueillaient les bras ouverts. Quand sa mère rentrait, la joie de son père était de courte durée et ils recommençaient à se quereller. Si bien qu'elle se réfugiait de nouveau chez les De Vere, où Anastasia, la mère d'Alaric et de Flo, la traitait comme un membre de la famille.

— T'es-tu déjà demandé comment nos mères sont devenues amies ? demanda-t-elle.

— Elles ont grandi ensemble.

— Je sais. Mais si on y réfléchit, elles ne faisaient pas grand-chose ensemble. Et quand il leur arrivait de se voir, je ne sais pas… j'avais l'impression que la mienne cherchait avant tout à profiter des relations de la tienne. Qu'elles n'étaient pas réellement…

— Amies ?

Elle hocha la tête.

— L'explication n'est-elle pas évidente ? poursuivit Alaric. Sachant à quoi ressemblait ta vie, ma mère tenait à t'accueillir chez nous le plus souvent. Pour cela, il fallait qu'elle reste proche de ta mère.

— Elle est restée amie avec ma mère pour me protéger…

— Nous te protégions tous, Catherine. Que ce soit Flo en prétextant qu'elle avait besoin de toi de toute urgence pour étudier. Mon père en invitant le tien à sortir pour que tu viennes dormir chez nous. Ou moi en intervenant lorsque ta mère te réprimandait, en te donnant du gâteau quand elle t'interdisait d'en manger, ou en te faisant rire quand elle te donnait des raisons de pleurer.

Elle sentit sa gorge se nouer. Il y avait une telle tendresse dans la voix d'Alaric. Et les souvenirs qu'il évoquait étaient si touchants… Bien sûr, elle savait tout ça, mais l'entendre de sa bouche, constater qu'il pouvait encore la regarder avec les yeux d'autrefois et éprouver de l'affection pour elle…

— Je suis désolée, finit-elle par dire d'une voix mal assurée.

— Pourquoi ?

— Pour avoir été un tel fardeau.

— Tu n'as jamais été un fardeau, Catherine. Nous t'aimions tous. Ce sont tes parents qui devraient être désolés de t'avoir traitée comme ils l'ont fait.

L'émotion de Catherine s'accrut. La colère d'Alaric contre ses parents, son besoin de prendre sa défense et de la protéger… C'était bouleversant. Elle mourait d'envie de le serrer dans ses bras et de le remercier pour tout ce qu'il avait fait pour elle. Mais il ne fallait pas. Il n'apprécierait certainement pas du tout. Ils avaient beau faire des progrès, ils n'en étaient pas encore là. Elle avait dix ans d'absence à rattraper. Et puis il y avait le problème de l'accident qu'il faudrait aborder à un moment ou à un autre… Quant à son problème à elle… S'il le connaissait, il ne voudrait plus rien avoir à faire avec elle.

— Que dirais-tu d'une petite promenade ?

— Une promenade ? répéta-t-elle avec surprise.

— Oui. Une promenade digestive.

Elle jeta un coup d'œil au chemin qui sinuait à travers l'oliveraie.

— Il ne fait pas un peu trop sombre ?

— Il y a des lumières le long du chemin. Il suffit de les allumer. Je suis sûr que sans la chaleur de la journée tu trouveras la visite de l'île très… agréable.

Elle sentit son pouls s'accélérer. Que lui arrivait-il ? Pourquoi était-elle aussi troublée par la façon dont il avait dit « agréable » ? Pourquoi une promenade lui semblait-elle plus intime qu'un dîner en tête à tête ? Et si c'était intime, quelle importance ? Pourquoi hésitait-elle ? *Parce que tu ne contrôles déjà plus tes sentiments pour lui… des sentiments que tu ne peux pas te permettre d'éprouver.*

Elle avait déjà assez souffert depuis un an. Inutile d'en rajouter en se laissant déborder par ses sentiments pour Alaric. Son objectif était de l'aider à renouer avec le monde extérieur et sa famille. Aller plus loin… Elle n'y était pas prête. Ni mentalement ni physiquement. Elle prit son verre et but une gorgée de vin.

— J'ai déjà visité l'île cet après-midi.

— Ah bon ? Avec Marsel ? Andreas ?

— Non. Toute seule. Je suis allée courir.

— Mais il devait faire au moins trente degrés.

— Trente et un.

Il secoua la tête.

— Tu cours souvent par temps chaud ?

— Ce n'est pas mon passe-temps favori, mais cet après-midi…

Elle s'interrompit. La raison pour laquelle elle était sortie courir sous le soleil venait de lui revenir en mémoire. Sous la forme d'une image très précise. Alaric à moitié nu dans la salle de sport, tout en muscles et la peau luisante de sueur. Elle but une autre gorgée de vin en priant pour que son pouls ralentisse.

— Mais cet après-midi… ?

Le nez dans son verre, elle resta silencieuse.

— Tu as dit que ce n'était pas ton passe-temps favori mais que cet après-midi… ? insista-t-il.

Oh ! non…

— J'ai voulu aller dans la salle de sport mais tu y étais déjà…

Elle se força à soutenir le regard d'Alaric malgré la chaleur qui se répandait sur ses joues. Et dans tout son corps.

— J'ai eu l'impression que tu n'avais pas envie d'être dérangé.

À son grand dam, Alaric promena sur elle un regard pénétrant. Il avait tout compris. C'était certain… Où était passé son talent de comédienne ? Jamais elle n'en avait eu autant besoin…

— Alors tu es partie courir dehors ?

— Oui.

— J'espère que tu avais mis de l'écran solaire.

Elle se tortilla sur son siège.

— Si tu fais allusion au fait que je suis un peu rouge, c'est ma peau… elle est très sensible.

Ça n'avait rien à voir avec le désir qui la consumait, bien sûr…

— Tu devrais être plus prudente.

Le ton crispé d'Alaric la fit tressaillir.

— D'accord, chef.

— Je suis sérieux, Catherine. Le soleil est traître. Et, vu la nature de ta peau…

— Je sais, Alaric. Je ne suis plus une enfant.

Avec stupéfaction, elle le vit crisper le poing sur la table. Qu'est-ce que… ?

Anastasia. Sa mère. Le cancer. Oh ! non, comment pouvait-elle être aussi stupide ? Impulsivement, elle referma la main sur le poing d'Alaric.

— Je suis désolée. À l'avenir je serai plus prudente, d'accord ?

Il desserra lentement le poing. L'espace d'une seconde, leurs paumes se touchèrent. Malgré l'envie de garder sa main dans la sienne pour le réconforter, elle ne tenta pas de la retenir. Comme lui, elle se redressa et se cala dans son siège. Puis elle s'éclaircit la voix.

— Anastasia… Flo m'a dit qu'elle va bien maintenant.

— Oui. Mais pendant un certain temps on ne peut pas s'empêcher de craindre une récidive.

— Je sais.

Elle se mordit la lèvre.

— C'est pour cette raison que ton refus d'aller chez toi est d'autant plus… perturbant pour ta famille, tu comprends ?

— Astucieux, Catherine. Très astucieux.

— Quoi donc ?

— Le fait de retourner ça contre moi.

— Ce n'était pas du tout mon intention. Je voulais juste…

Alaric se leva, et elle sentit son estomac se nouer.

— Je croyais que nous allions nous promener.

— Je ne suis pas sûr que ce soit une bonne idée, finalement.

Elle se leva à son tour.

— Sérieusement, Alaric. Je suis désolée d'avoir abordé le sujet, mais…

— Tu as promis à Flo ?

— Même si je ne le lui avais pas promis, j'en aurais parlé.

Ils s'affrontèrent du regard pendant un long moment.

— Voici le marché, finit-il par déclarer. Tu gardes ce genre de pensées pour toi et nous pouvons faire cette promenade.

Elle parvint à esquisser un sourire.

— Ou bien nous pouvons courir, si tu préfères ?

À son grand soulagement, il accueillit cette plaisanterie avec un petit rire.

— Après tout ce que nous avons mangé ?

— Bien vu, approuva-t-elle.

Mais ils ne bougèrent ni l'un ni l'autre. Une corde invisible semblait se resserrer autour d'eux, les rapprochant peu à peu l'un de l'autre. Le souffle court, elle resta clouée sur place tandis que le sourire d'Alaric s'estompait. Ses yeux outremer se posèrent sur ses lèvres, qu'elle humecta machinalement. Des yeux étincelants de… désir. Il la désirait ! Alaric de

Vere la désirait. Il ne cherchait plus à garder ses distances. Il ne la repoussait plus…

— Mais je te suggère de changer de chaussures.

Elle tressaillit.

— Changer de chaussures ?

Il enfonça les mains dans ses poches et détourna le regard. Elle sentit son cœur se serrer. S'était-elle trompée ? Le désir qu'elle avait vu dans ses yeux était-il un effet de son imagination ?

— Si tu as couru cet après-midi, tu dois savoir que le terrain est rocailleux.

Elle baissa les yeux sur ses escarpins à talons aiguilles.

— Bien sûr.

— Et prends une veste, peut-être ? La nuit, la brise de mer est parfois fraîche.

— Veste. Chaussures. D'accord.

Le regard d'Alaric se promena sur elle, s'attardant sur ses coups de soleil. Elle réprima un frisson. Comment un simple regard pouvait-il lui faire l'effet d'une caresse ?

— Alaric…

— Oui ?

Que ferait-il s'il savait à quel point il la troublait ? *Question dangereuse, Catherine.*

— Je reviens tout de suite.

Elle n'était pas venue ici pour ranimer des fantasmes d'adolescente, mais pour préparer l'avenir. Celui d'Alaric auprès de sa famille. Et le sien dans son travail. Quand elle était adolescente, elle avait un mal fou à réprimer ses sentiments pour lui. Mais aujourd'hui elle avait mûri et elle était devenue une actrice réputée. Elle devrait réussir à faire mieux, non ? En principe, oui. Malheureusement, elle avait déjà eu l'occasion de constater que son talent de comédienne lui faisait défaut quand elle était en sa compagnie.

Alaric s'occupa en débarrassant la table malgré les protestations de Dorothea et son regard scrutateur.

— Mlle Wilde est encore plus belle que sur les photos, je trouve.

Il répondit par un grognement tout en l'aidant à charger le lave-vaisselle. Elle laissa échapper un petit gloussement qui le hérissa.

— Vous êtes d'accord avec moi. Je le vois sur votre visage.

— Dorothea, puis-je vous rappeler que je vous emploie pour vous occuper de cette maison et pas pour… ?

Les poings sur les hanches, elle lui lança un regard noir qui le réduisit au silence.

— Je sais. Mais je vous connais et je pense que sa compagnie est bonne pour vous. Il était temps que vous invitiez quelqu'un ici.

— Ce n'est pas moi qui l'ai invitée, c'est ma sœur.

— Justement. Votre sœur vous connaît encore mieux que moi. Croyez-moi, cette visite c'est un tournant dans votre vie.

— Pas du tout. Catherine est ici pour écrire, et dans un mois elle sera partie.

— Si vous le dites, *kyrios*. Maintenant, allez-y, je m'occupe du reste.

Il hésita. Il aimerait bien tenter de convaincre Dorothea qu'il avait raison. Même s'il était conscient de n'avoir aucune chance d'y parvenir. À moins qu'il veuille tenter de se convaincre lui-même ? Peut-être. Il avait également besoin d'un prétexte pour retarder le moment de retrouver Catherine. Il ne se sentait pas prêt à la rejoindre. C'était insensé. Il s'était coupé du monde parce qu'il ne supportait pas la pitié dans les yeux des gens. Mais Catherine ne le regardait pas avec pitié. Il avait vu tout autre chose dans ses yeux pendant le dîner, puis quand elle s'était levée pour les plonger dans les siens… Il avait bien failli succomber à la tentation de la prendre dans ses bras et d'embrasser ses lèvres entrouvertes…

— Allez-y, *kyrios !*

Dorothea l'arracha à ses pensées en le chassant de la cuisine, le regard brillant.

— Allez vous promener.

Si elle s'imaginait qu'il allait se passer quelque chose entre Catherine et lui, elle avait perdu la tête. Oui, ils avaient un passé commun. Oui, il éprouvait des sentiments pour elle. Mais Catherine était une star de cinéma vouée à vivre dans la lumière, alors que lui avait besoin de rester dans l'ombre. Plus vite les gens qui le côtoyaient le comprendraient, mieux ce serait.

Les gens qui te côtoient ? C'est toi qui as failli l'embrasser ! C'est toi qui perds de vue la réalité !

Alaric finit par se décider à retourner sur la terrasse. Catherine était là, une étole sur les épaules, toujours vêtue de la robe rouge dont il avait eu du mal à détacher les yeux pendant tout le repas, et – il réprima un sourire – des tennis blanches aux pieds. Elle ne lui avait jamais paru plus belle ni plus attachante… Mais il n'y avait rien entre eux. Il n'y aurait jamais rien entre eux. Alors pourquoi son cœur battait-il aussi joyeusement ?

— J'ai cru que tu t'étais perdu.

Il pouffa.

— Dans ma propre maison ?

Elle lui sourit et lui prit le bras comme si c'était la chose la plus naturelle au monde.

— Je te suis…

Il sortit son téléphone de sa poche, accéda à l'application qui contrôlait l'éclairage de toute l'île et activa celui du chemin.

Elle lui pressa le bras avec un petit cri enthousiaste.

— Oh ! Alaric, c'est fantastique !

En plus des spots qui bordaient le chemin à ras du sol, des guirlandes électriques étaient accrochées aux arbres.

— Quand tu as dit que le chemin était éclairé je ne m'attendais pas à ça… Depuis quand es-tu devenu romantique ?

— Romantique ?

Il eut un rire étranglé.

— Ça n'a rien à voir avec moi, je peux te l'assurer.

— Ah bon ?

Il sentit le regard de Catherine sur lui mais il garda le sien fixé sur le chemin. C'était trop agréable de la sentir près de lui. Trop facile de se détendre et d'oublier la réalité.

— C'est Andreas et Dorothea qui ont mis ça en place.

— Ils vivent sur l'île toute l'année avec toi ?

— Oui, et Marsel vit sur le continent. C'est beaucoup trop calme pour lui, ici.

— J'imagine bien. Où habitent-ils ?

— Ils ont une petite maison de l'autre côté de l'île. Tu n'as pas dû la voir quand tu courais. Elle est cachée si bien que je ne les gêne pas, et vice versa.

— Ça me rassure de savoir que tu n'es pas vraiment tout seul.

Il laissa échapper un petit rire moqueur.

— J'ai trente-quatre ans, Catherine. Je suis parfaitement capable de vivre seul.

Elle ouvrit la bouche pour répondre, mais il la devança pour détourner la conversation.

— Ils ont commencé petit, le premier Noël que j'ai passé ici.

— Commencé petit ?

— Les lumières. Je n'y tenais pas, mais Noël est une fête importante en Grèce. Si bien que lorsque Dorothea m'a demandé s'ils pouvaient illuminer le chemin…

Il haussa les épaules.

— Tu as cédé.

La voix de Catherine était aussi douce que son sourire.

— En quelque sorte. Je leur ai alloué un budget, que je renouvelle chaque année. Le nombre d'arbres décorés a augmenté au fil du temps, et pour être honnête, enlever les guirlandes pour les remettre chaque année c'est un peu idiot.

— Et en plus c'est beau et ça te plaît.

Elle lui pressa le bras et il ne put s'empêcher de sourire.

— C'est vrai que la nuit ce n'est pas désagréable.

— C'est beau… et romantique… Reconnais-le, insista-t-elle en lui donnant un petit coup de hanche.

Il sourit de nouveau, tandis qu'une douce chaleur l'envahissait.

— Ce n'est pas grave de trouver ça beau, murmura-t-elle en regardant devant elle alors qu'ils avançaient à travers l'oliveraie et que le bruit des insectes augmentait. Ça ne ternira pas l'image d'ermite insensible que tu cultives depuis quelques années.

— Pardon ?

Il s'immobilisa et lui lança un regard noir. *Mais elle a raison, pourquoi es-tu aussi vexé ?*

— Tu ne vois jamais ta famille. Quant aux amis… À quand remonte la dernière fois où tu en as vu un ?

Il resta silencieux.

— Tu étais un boute-en-train autrefois, Alaric. Le roi de la fête. Et maintenant, quoi ? Tu ne veux plus voir personne ? Tu es heureux tout seul, c'est ça ?

— Nous étions d'accord pour laisser tomber. *Tu* étais d'accord.

— C'est vrai, je suis désolée.

Elle posa les mains sur son torse en se mordant la lèvre inférieure.

— Je suis désolée de faire pression sur toi, Alaric. Sincèrement. Mais c'est parce qu'il y a des gens qui tiennent à toi… Moi, je tiens à toi.

Le cœur serré, il baissa les yeux sur ses lèvres. Il suffisait de pencher la tête pour les goûter… Combien de fois en avait-il rêvé ? De l'embrasser, d'enfoncer les doigts dans ses cheveux dorés, de la serrer contre lui… Et maintenant, elle se rapprochait de lui. Ou bien était-ce lui qui… ?

— Alaric ?

Il déglutit péniblement, tandis qu'elle faisait remonter ses mains sur son torse. Il fallait l'arrêter… Il fallait s'écarter d'elle…

— C'est à cause de ça que tu te caches ?

Elle posa la main sur sa joue, effleurant sa peau du bout du pouce. Avait-elle peur de lui faire mal ?

— Laisse tomber, Catherine, gronda-t-il, le cœur battant à tout rompre.

Il lui saisit le poignet mais il fut incapable d'écarter sa main de sa joue. C'était trop bon de sentir sa peau contre la sienne, trop bon de se laisser ensorceler.

— Je ne veux pas laisser tomber.

— Je suis parfaitement heureux ici.

Allons bon, il avait la voix tremblante… Et son corps était au supplice. Des années de solitude, des années d'abstinence, et maintenant elle était là contre lui, l'hypnotisant avec son regard étincelant de désir… Mais non, elle ne pouvait pas le désirer… C'était une idée ridicule.

Elle posa l'autre main sur son autre joue.

— Que fais-tu, Catherine ?

— Embrasse-moi, Alaric.

La vague de désir qui le submergea lui coupa le souffle. Il fallait absolument qu'il se ressaisisse. Qu'il reprenne le contrôle de la situation. Il ne méritait pas le bonheur qu'elle pouvait lui apporter. Et pourtant… Une fois, juste une fois… Pour connaître le goût de ses lèvres, de sa bouche…

— De quoi as-tu si peur ?

Il ne répondit pas. Comment répondre à cette question ?

Il fit la seule chose qui pouvait la réduire au silence. Il l'embrassa. Et il oublia tout. L'accident, le passé, les raisons pour lesquelles il ne devait pas l'embrasser. Tout s'évanouit au contact de ses lèvres, au son de son gémissement. Oh ! ce gémissement… C'était le paradis pour son âme tourmentée, du baume sur une plaie ouverte depuis trop longtemps.

— Catherine…

— Oui, Alaric, murmura-t-elle contre sa bouche en se plaquant contre lui. J'ai envie de toi.

« J'ai envie de toi. » Ce n'était pas Catherine qu'il entendait. C'était Kitty Wilde. Ces mots, elle les avait dits à son amant à l'écran dans un film récent. Oui, il les avait tous vus, comme un pauvre tordu qui se torturait lui-même…

Il ouvrit les yeux et il secoua la tête en s'efforçant de dissiper le désir qui lui embrumait l'esprit.

— Nous ne pouvons pas… Ce n'est pas bien.

— Pourquoi ? Je sais que tu en as envie autant que moi.

Il détourna les yeux. Impossible de la regarder. Il avait trop envie de recommencer. Et il ne le méritait pas. Surtout avec elle.

— Il est tard. Nous ferions mieux de rentrer.

— Nous venons à peine de sortir.

Il repartit en direction de la maison. Il avait besoin de prendre ses distances. Il avait besoin d'air. Un air qui ne soit pas plein de son parfum, de sa présence…

— Alaric.

Elle courut après lui et lui posa la main sur l'épaule.

— S'il te plaît !

Il s'immobilisa, incapable de ne pas céder à son ton suppliant.

— Quoi ?

— Je ne sais pas ce qui est en train de se passer entre nous, mais je n'ai pas imaginé la ferveur avec laquelle tu m'as embrassée.

Il baissa la tête. Quel stupide égoïste ! Il se haïssait. Un instant de faiblesse, une vie entière de remords…

— Pourquoi me fuis-tu ?

— Je ne te fuis pas, je…

Il quoi ? Elle avait raison. Il fuyait les sentiments qu'elle avait ranimés et le remords qui le submergeait.

— De quoi as-tu si peur ?

Il se retourna vers elle. Tant pis si elle était aussi près de lui et si la lumière de la maison illuminait sa cicatrice. Ou plutôt, tant mieux. C'était le moment où jamais d'utiliser son visage balafré comme une arme. Et comme une protection.

— Regarde-moi, Catherine.

Il la saisit par les bras pour la rapprocher de lui.

— Regarde-moi !

— Je te regarde ! répliqua-t-elle sur un ton aussi véhément que le sien. Et je ne comprends toujours pas.

Il la sentit trembler et il la relâcha. Puis il inspira profondément. Non, ce n'était pas elle qui tremblait. C'était lui. Tout son corps était parcouru de tremblements. Il avait tout refoulé pendant si longtemps… Le remords, la colère. Et voilà qu'il déversait tout sur elle, qui ne le méritait pas.

— Excuse-moi, Catherine.

— Je n'ai pas besoin que tu t'excuses. Je veux que tu m'expliques ce que tu as. Je veux que tu arrêtes de me repousser.

— Catherine, ce n'est pas parce que nous avons été amis autrefois que nous pouvons le redevenir.

Elle écarquilla les yeux. Incapable de supporter la souffrance qu'ils exprimaient, il pivota sur lui-même et repartit en direction de la maison.

— Que t'est-il arrivé, Alaric ? Arrête de fuir et parle-moi !

— Ça, Catherine ! hurla-t-il en se retournant et en montrant sa joue. Il m'est arrivé ça !

— Est-ce vraiment une raison de tous nous repousser ?

Tu souffres et nous… nous voulons t'aider. S'il te plaît, laisse-nous t'aider.

— Je vais bien, Catherine. Pourquoi n'arrives-tu pas à l'accepter ?

— Parce que ce n'est pas vrai. L'homme que j'ai connu ne serait pas heureux de mener cette vie.

— L'homme que tu as connu n'existe plus.

— Peut-être… Ce qui t'est arrivé t'a forcément changé, mais tu peux accepter l'homme que tu es aujourd'hui.

— C'est-à-dire ? Un homme défiguré, détruit ?

— Non !

Elle secoua vigoureusement la tête.

— C'est ça le problème. Tu choisis de te laisser définir par tes cicatrices. De te couper du monde alors que ce que nous voulons tous c'est que tu reviennes.

— Je n'ai plus ma place dans ce monde.

— Bien sûr que si. Tout au fond de toi, tu le sais. Et tu as envie de le retrouver. Je le vois dans tes yeux, je le vois quand tu parles de Flo, je l'ai vu à l'instant quand tu m'as embrassée…

Elle s'approcha de lui et effleura sa joue.

— Nous ne voyons pas ça, Alaric. Nous te voyons, toi.

Il déglutit péniblement, luttant pour ignorer la chaleur qui l'envahissait.

— Mais moi, non. Moi, je ne me vois plus.

Il s'écarta d'elle et s'éloigna à grands pas. Il avait besoin d'être seul. Loin d'elle…

— Tu peux toujours dire que tu t'es isolé à cause de l'accident et de tes cicatrices ! cria-t-elle en le suivant. Je sais que c'est ce que pense Flo. Mais tu veux connaître mon opinion ? Je pense que tu as peur de recommencer à vivre.

Il ouvrit la porte à la volée. Pourvu que Dorothea et Andreas soient rentrés chez eux…

— Je pense que tu as peur de reprendre goût à la vie et

de voir tout s'effondrer du jour au lendemain à cause d'un nouvel accident.

Crispant les poings, il commença à descendre l'escalier.

— Il faut que tu arrêtes de te lamenter sur ton sort et que tu reprennes ta vie, Alaric !

Il s'immobilisa et se retourna vers Catherine, qui s'était arrêtée en haut des marches.

— Tu penses que je me lamente sur mon sort ? Que j'ai peur que la vie me réserve une nouvelle épreuve ?

Il secoua la tête avec un sourire froid.

— Fred n'a plus aucune inquiétude de ce genre. Il ne se réveillera plus jamais le matin à côté de sa femme, il ne verra pas son enfant grandir. Il avait tout à perdre, et moi… rien. Pourtant, c'est moi qui ai survécu.

Elle porta la main à son cou et ouvrit la bouche, mais aucun son n'en sortit. Enfin, il l'avait réduite au silence ! Il était temps…

— Bonne nuit, Catherine.

Il dévala le reste des marches.

— Tu as ta famille, Alaric ! Tu nous as !

La voix douce de Catherine le déchira et il secoua la tête. Le silence qui suivit le soulagea. Plus de remarques déstabilisantes, aucun bruit de pas… Il était enfin seul. Comme il le voulait. Alors pourquoi n'en éprouvait-il aucune satisfaction ?

6.

Trois jours plus tard, Catherine fixait l'écran de son ordinateur sans parvenir à se concentrer sur son scénario. Pendant deux jours elle avait bien travaillé, convaincue qu'il valait mieux laisser Alaric tranquille pendant quelque temps après tout ce qu'ils s'étaient dit. Mais aujourd'hui, elle n'arrivait à rien. Impossible de chasser de son esprit l'air tourmenté d'Alaric quand il avait parlé de Fred. Il se sentait coupable de vivre alors que son ami était mort. Pire encore, il se sentait indigne de vivre quand il pensait à la femme et à l'enfant de Fred. Regrettait-il vraiment de ne pas être mort à sa place ?

Après leur discussion elle avait passé la nuit à faire des recherches sur le sentiment de culpabilité du survivant. Les divers symptômes étaient très proches de ceux du syndrome de stress post-traumatique. Flash-back, irritabilité, sentiment d'impuissance, troubles du sommeil, migraines, isolement social, pensées suicidaires… Combien le concernaient ? La liste semblait interminable. Quelles chances avait-elle de l'aider s'il refusait de lui parler ? S'il ne voulait même plus la voir ?

Depuis cette première soirée, il était resté invisible. À tel point qu'elle s'était demandé si l'impossible était arrivé et s'il avait quitté l'île. Mais, quand elle avait posé la question à Dorothea et qu'elle l'avait vue rougir, elle avait compris. Il était toujours là et il l'évitait. Elle avait d'abord culpabilisé se maudissant d'avoir manqué de diplomatie. Mais son brusque changement d'attitude après le baiser fervent qu'ils avaient échangé l'avait mise hors d'elle. Elle était consciente qu'elle n'aurait jamais dû le supplier de l'embrasser, mais elle n'avait pas pu s'en empêcher. Le désir qu'elle avait lu dans ses yeux l'avait enflammée. À ce souvenir, elle fut parcourue d'un long frisson. Elle ferma son ordinateur portable en soupirant et se leva de son lit. Il était temps de l'affronter. Et s'il fallait jouer sur la bonne éducation qu'il avait reçue dès le berceau, elle n'allait pas hésiter. Elle ne s'attendait pas à ce qu'il passe toute la journée avec elle, mais ils pouvaient au moins prendre leurs repas ensemble. Elle frappa à la porte de sa chambre. Sans grand espoir, mais c'était l'endroit le plus proche de la sienne. Pas de réponse. Elle pressa l'oreille contre le battant. Aucun bruit. Elle monta à l'étage supérieur. Le salon était désert. Elle monta encore un étage et regarda dans la salle de sport. Personne. En fait, elle ne l'avait plus jamais surpris là depuis le premier jour. Attendait-il la nuit pour faire de l'exercice, juste pour éviter de tomber sur elle ? Elle était sur le point d'entrer dans son bureau quand Dorothea surgit de la cuisine.

— Mademoiselle Wilde !

La main sur la poignée de la porte, elle lui sourit.

— Bon après-midi, Dorothea.

— Qu'est-ce que vous… ?

— Je veux juste vérifier ce qui empêche Alaric de dîner en ma compagnie.

— Mais je… !

Elle ouvrit la porte avant que Dorothea ait le temps de l'en empêcher, franchit le seuil de la pièce et s'immobilisa, bouche bée. À quoi s'attendait-elle ? Elle ne savait pas trop. Mais en tout cas, pas à ce… cette tanière high-tech ! D'immenses écrans plats suspendus au plafond, peut-être une quinzaine, entouraient une sorte de fosse, au centre de laquelle se trouvait un bureau.

— Catherine ! Bon sang, qu'est-ce que tu… ?

Alaric enleva son casque et se leva. Elle avança dans la pièce et regarda avec perplexité les lignes de chiffres qui défilaient sur les écrans. Derrière elle, Dorothea bredouilla :

— Je suis vraiment désolée, *kyrios*. Je n'ai pas pu…

— Ce que Dorothea veut t'expliquer c'est que personne n'aurait pu m'arrêter, coupa Catherine avec un sourire faussement contrit. Pas même elle.

L'idée de frapper à la porte ne l'avait pas effleurée. Après tout ce n'était pas sa chambre, où elle aurait risqué de le trouver nu. Déglutissant péniblement, elle s'empressa de chasser cette image de son esprit. En dehors des écrans et du bureau, la pièce était équipée d'un distributeur d'eau glacée et d'un réfrigérateur. Une cloison vitrée donnait sur une deuxième pièce dans laquelle une dizaine de fauteuils étaient disposés face à un autre écran géant. Le décor était entièrement blanc, froid, austère. Catherine réprima un frisson, regrettant le soleil. À cet instant elle prit conscience que la lumière du jour était totalement absente. Dehors le ciel était bleu, le soleil éclatant, mais ici rien ne le laissait deviner. Pas de fenêtres. Ou alors, très habilement dissimulées derrière des stores invisibles… Elle resserra les pans du kimono en coton fin qu'elle avait enfilé sur son deux-pièces et croisa les bras pour les maintenir en place.

— Ce n'est rien, Dorothea, déclara Alaric d'un ton apaisant. Vous pouvez reprendre ce que vous étiez en train de faire.

— Je préparais le dîner, répondit la gouvernante sans cesser de triturer le torchon qu'elle avait dans les mains.

— Oh ! fantastique ! s'exclama Catherine en se tournant vers elle avec un sourire chaleureux.

Elle n'avait pas voulu contrarier cette femme adorable mais son hôte ne lui avait pas laissé le choix…

— Votre cuisine est si savoureuse ! Qu'y a-t-il au menu, ce soir ?

Dorothea lui rendit son sourire, mais l'inquiétude persista dans son regard.

— Du kleftiko d'agneau, un des plats préférés de *Kyrios* de Vere.

— J'ai hâte de le découvrir, commenta Catherine avant de se tourner vers Alaric. J'espère que j'aurai l'honneur de dîner avec toi, ce soir ?

Elle fixa son regard sur lui et sentit que Dorothea en faisait autant. Deux femmes les yeux rivés sur un géant pris au piège… La mâchoire crispée d'Alaric en disait long sur son état d'esprit… Catherine réprima son envie de pouffer. Elle aimait le pousser à bout. Elle aimait un peu trop ça…

— Oui, acquiesça-t-il sans la regarder.

Comme il était raide sur son siège… Mais ça ne l'empêchait pas d'être irrésistible avec ce T-shirt blanc qui soulignait son hâle et ses muscles…

— Quelle bonne nouvelle ! s'exclama Dorothea. Enfin de la compagnie pour Mlle Wilde !

Oui, enfin ! Visiblement, elle n'était pas la seule à trouver qu'il manquait de correction… *Tu peux parler, toi qui viens de faire irruption dans son bureau sans y être invitée !* Catherine se mordit la lèvre.

— Oui, ce sera bien agréable d'avoir de nouveau un compagnon de table.

Alaric lui adressa un sourire qui avait tout d'une grimace.

— Comme il fait particulièrement chaud aujourd'hui, je vais prévoir le dîner pour 20 h 30, annonça Dorothea.

— Parfait.

Le ton d'Alaric était si lugubre que Catherine faillit éclater de rire. Devant le regard noir qu'il lui lança, elle eut un doute. Aurait-elle laissé échapper un gloussement sans s'en rendre compte ? Mais au moins quand il était en colère il avait l'air vivant. Elle détourna les yeux et s'adressa à Dorothea.

— Je me régale à l'avance.

— Eh bien, puisque tout le monde est d'accord, je vous laisse.

Dorothea quitta la pièce d'un pas léger. Rassérénée. Alors que la porte se refermait, Catherine se tourna de nouveau vers Alaric, beaucoup moins sûre d'elle qu'elle ne voulait le laisser croire.

— On ne t'a jamais appris à frapper à la porte ? lança-t-il, les yeux fixés sur les écrans.

— On ne t'a jamais appris à t'occuper de tes invités ?

— Je croyais qu'on avait déjà mis les choses au clair. Tu es l'invitée de Flo, pas la mienne.

— Ce n'est pas la maison de Flo, répliqua-t-elle d'une voix égale. Et encore moins son île. Puisque tu es ici chez toi, c'est toi l'hôte.

Alaric ne lui accordait plus la moindre attention. Parcourant les écrans du regard, il pianotait sur son clavier comme si elle n'était pas là. Que faisait-il ? À quoi correspondaient tous ces chiffres ? Elle avait dix mille questions à lui poser. Elle voulait tout savoir. Mais après tout, pendant qu'il était absorbé dans son travail, elle pouvait l'observer. Regarder ses bras musclés, et apercevoir une cicatrice sous le gauche. Combien d'autres cicatrices avait-il sur le corps ? Quand elle l'avait surpris torse nu dans la salle de sport, elle avait été si fascinée par ses muscles et sa peau luisante qu'elle n'avait rien remarqué d'autre…

— Tu vas te contenter de me regarder en silence ou bien tu vas te décider à me dire ce que tu veux ?

Il avait parlé sans la regarder et elle ne répondit pas. Elle descendit les deux marches de la fosse et le rejoignit, se penchant sur le bureau à côté de lui.

— Alors c'est ici que tu te cachais ? dit-elle en prenant soin de parler d'un ton neutre.

Mieux valait éviter de laisser percer le mélange d'inquiétude, de désir et de tristesse qui l'étreignait. Elle souffrait qu'il l'évite et qu'il ait rejeté leur amitié. « Catherine, ce n'est pas parce que nous avons été amis autrefois que nous pouvons le redevenir. » Ces paroles résonnaient encore dans son esprit et lui fendaient le cœur.

— Je ne me cachais pas.

Elle surprit le regard furtif qu'il promena sur son kimono, qui laissait deviner le deux-pièces qu'elle portait en dessous. Dans ses yeux le désir était flagrant, mais la colère également. De toute évidence, il était furieux d'être attiré par elle.

— C'était bien imité, ironisa-t-elle avant de reporter son attention sur les écrans. Qu'est-ce que c'est tout ça ?

— Mon travail.

— Quel genre de travail ?

— Le genre de travail qui satisfait mon père et me permet de vivre en paix.

— Tu spécules en Bourse ?

Il soupira.

— Sommes-nous vraiment en train de parler de mon travail ?

— Pourquoi pas ?

— Parce que c'est compliqué.

— Trop compliqué pour moi, tu veux dire ? s'exclama-t-elle avec indignation.

— Non… si… dans un sens…

— Parce que je suis une ravissante idiote, c'est ça ? Tout juste capable de répéter les textes qu'on me donne en faisant des moues à la Kitty Wilde ?

Il la regarda en plissant le front.

— Tu es sérieuse ?

— Disons que certains le pensent, répliqua-t-elle en prenant un ton désinvolte.

Mieux valait faire comme si elle s'en moquait. Mais avec le scénario en gestation sur son ordinateur elle prouverait qu'elle n'était pas seulement cinégénique. Alaric se redressa et croisa les bras.

— Je ne pense pas que tu sois stupide, Catherine, si c'est ce que tu crois.

— Ah bon ?

Elle émit un petit rire.

— C'était pourtant bien imité. Mais ne t'inquiète pas, tout va bien. Tu n'es pas le premier homme à me traiter comme une bimbo.

— Tu estimes vraiment que c'est ce que je fais ?

— Tu ne veux même pas essayer de m'expliquer ça.

Elle indiqua les écrans, et à sa grande surprise il éclata de rire.

— Parce que je n'y comprends pas grand-chose moi-même ! Je suis capable de repérer une anomalie, et à la rigueur une occasion à saisir, mais pour le reste des opérations boursières j'ai des programmes à ma disposition.

— Si je comprends bien, tu es un genre de facilitateur ?

— On peut dire ça. Et, heureusement pour moi, je m'en sors plutôt bien. Mon père est satisfait et il me laisse en paix.

— Flo m'a dit que tu dirigeais le service investissements de l'entreprise.

— Exactement. Ce qui signifie qu'en dehors de quelques téléconférences je peux travailler seul, ce qui me convient très bien.

— Pourquoi tu m'évites ?

— Je ne t'évite…

Elle arqua un sourcil narquois et il soupira.

— D'accord, je pense qu'il est préférable que nous gardions nos distances.

— Pourquoi ? demanda-t-elle en s'appuyant contre le bureau.

— Je te l'ai expliqué l'autre soir, répliqua-t-il d'une voix rauque tandis que ses yeux se posaient sur ses lèvres.

Elle vit ses pommettes s'enflammer en même temps qu'une douce chaleur se répandait en elle.

— Non, tu m'as imposé ton point de vue. Mais j'ai un scoop pour toi, Alaric. Je suis capable de penser par moi-même et je prends mes propres décisions.

— Comme si je ne le savais pas…

— Qu'est-ce que tu insinues ?

Il sourit.

— Tu as toujours été comme ça, même quand nous étions jeunes. Quand tu décides quelque chose, tu t'y tiens quoi qu'il arrive. Et tu atteins toujours ton objectif.

Elle sourit à son tour.

— Pas étonnant que tu m'aies toujours vue comme une princesse… une princesse gâtée.

— Gâtée, non. Je t'admirais. Je t'enviais, même.

— Tu m'enviais ?

— Oui. Je t'enviais pour ta liberté. Mes parents étaient toujours sur mon dos. Ils surveillaient mes résultats scolaires, ils voulaient que j'arrête de peindre, de sortir, de m'amuser…

— Je me souviens que tu as été exclu temporairement de la pension au moins deux fois !

— Je tiens à préciser que les deux fois ce n'était pas de ma faute.

Le visage hilare d'Alaric accrut le trouble de Catherine. C'était tellement bon de le voir aussi détendu ! Il ne cherchait même plus à cacher sa cicatrice… Comme elle aimerait qu'il soit tout le temps comme ça !

— Non, bien sûr, tu n'y étais pour rien, railla-t-elle.

— Non. La première fois c'était une expérience scientifique qui a mal tourné…

— Le feu dans le vestiaire des garçons ? se rappela-t-elle.

— Oui ! Et la deuxième fois, ce n'était pas de ma faute non plus.

La lueur malicieuse qui dansait dans les yeux outremer ramena Catherine vingt ans en arrière.

— L'intrusion dans l'école des filles après les heures de visite ?

Elle eut un pincement au cœur, mais elle l'ignora et rit de bon cœur. À l'époque elle avait été terriblement frustrée en apprenant qu'il avait été surpris avec une fille, mais aujourd'hui elle donnerait n'importe quoi pour qu'il redevienne ce garçon malicieux toujours prêt à s'amuser ! Pas étonnant que Flo ait tellement insisté pour qu'elle vienne le voir. Cependant, ce que lui suggérait son imagination allait un peu plus loin que ce que Flo attendait d'elle. Parce que lorsque Alaric promenait sur elle un regard étincelant de désir comme une minute plus tôt, il redevenait presque celui qu'il était autrefois. Et elle était prête à attiser ce désir si cela pouvait le ramener au pays des vivants. Même si ce n'était pas par pur altruisme…

— Oui. Disons qu'à chaque fois la responsabilité était partagée. Mais c'était le plus souvent Fred qui me détournait du droit chemin.

Le sourire d'Alaric s'estompa et son regard s'éteignit. Catherine déglutit péniblement. Fred et Alaric s'étaient toujours entendus comme larrons en foire. Jusqu'à cet accident… Elle posa la main sur le bras d'Alaric.

— Il doit te manquer.

Il s'écarta d'elle et enfonça les mains dans ses poches

— Je…

Il s'éclaircit la voix.

— Il occupait une grande place dans ma vie. Mais Cherie et sa fille… C'était mon idée d'aller à ce week-end entre hommes. Sans moi, il n'aurait pas été à bord du jet privé.

Il secoua la tête, incapable de poursuivre.

— Tu n'es pas responsable, Alaric. C'était un accident. Ça aurait pu arriver à…

— N'importe qui ? J'ai déjà entendu ça cent fois, Catherine. Mais toutes les nuits en me couchant, je vois Cherie… Cherie et sa fille devant la tombe de Fred…

— Comment va Cherie ?

— Je ne sais pas.

La voix d'Alaric s'étrangla.

— Je ne lui ai pas parlé depuis l'enterrement.

— C'était un accident, Alaric. Tu n'y es pour rien.

— Si je n'avais pas proposé ce voyage…

— Mais tu l'as fait et rien ne changera ce qui s'est passé.

— La vie continue, c'est ça ?

— Oui, y compris la tienne, Alaric.

— N'essaie pas de me convaincre que je dois à Fred de vivre ma vie, Catherine. On me l'a répété cent fois. Ma mère, Flo, mon fichu psy. Ce n'est pas si simple.

— Je ne dis pas que c'est simple. Ça ne peut pas être simple. Mais as-tu essayé de parler à Cherie ? De lui expliquer ce que tu ressens ?

— Pour lui infliger mes états d'âme ? En plus de ce qu'elle endure ? Tu crois vraiment que je suis égoïste à ce point ?

— Tu n'es pas égoïste, Alaric, tu souffres. Et tant que tu ne l'admettras pas tu ne pourras pas avancer. Tu continueras de souffrir.

Il la fixa longuement et elle soutint son regard. Pas question de quitter la pièce, comme il le lui intimait silencieusement.

— Ça fait trois ans, Alaric. Tu ne peux pas te cacher ici indéfiniment. Tu manques à ta famille. Tu manques à Flo. Elle… Elle est enceinte.

La voix mal assurée, Catherine posa instinctivement la main sur son ventre.

— Vas-tu renoncer à connaître ta nièce ou ton neveu ?

— Pourquoi est-ce si important pour toi, tout à coup ? Pendant dix ans tu n'as pensé qu'à ta carrière. Pourquoi revenir aujourd'hui pour te mêler de ma vie ? Pourquoi faire semblant de t'intéresser à moi ?

La gorge nouée, elle refoula ses larmes.

— Que t'a fait ta famille pour que tu préfères te cacher ici plutôt que de la voir ?

— À part tenter de contrôler chacun de mes actes ?

— Arrête ton cinéma…

— C'est moi qui fais du cinéma ? Kitty Wilde vient dans mon bureau me dire que je fais du cinéma ?

— Ce n'est pas une plaisanterie, Alaric.

— Je n'ai pas dit que c'en était une.

— Alors dis-moi ce qu'ils ont fait de si grave pour que tu leur tournes le dos. Parce que de mon point de vue tu as survécu à l'accident mais ils t'ont perdu quand même.

Alaric regarda Catherine en silence. Comment nier qu'il y avait du vrai dans ce qu'elle venait de dire ? Elle rouvrit la bouche et il eut envie de se boucher les oreilles comme un enfant.

— Autrefois j'aurais tout donné pour recevoir de la part de mes parents une toute petite partie de l'attention que t'accordaient les tiens. Cette liberté que tu enviais était due au fait qu'ils ne s'intéressaient pas à moi. Je pense que j'aurais pu rater tous mes examens sans qu'ils s'en aperçoivent. J'aurais sans doute même pu fuguer. Mais toi… tu avais des parents et une sœur qui tenaient à toi. Et ils tiennent toujours à toi.

Il croisa les bras. Pas question de se laisser attendrir.

— Dire qu'après tout ce que ta famille t'a fait subir, tu as quand même marché sur les pas de ta mère…

— Je ne suis pas comme elle.

— Vraiment ?

— Ma mère et moi nous n'avons rien de commun, murmura-t-elle d'une voix brisée. Pour commencer, je n'ai pas de famille à décevoir. Il n'y a que moi et ma carrière. Personne à négliger.

— Personne dont s'occuper ?

Elle resta silencieuse.

— C'est ce que tu veux dire, n'est-ce pas ? insista-t-il avec un étrange pincement au cœur. C'est pour ça que tu as rompu avec Luke ? Vos liens devenaient trop étroits et tu voulais éviter de risquer de le décevoir un jour ?

— Ne t'imagine pas pouvoir comprendre ce qui s'est passé entre Luke et moi. Tu n'as pas à porter un jugement sur quelque chose dont tu ne sais rien.

— Je suis capable de lire entre les lignes.

Alaric se sentit ragaillardi. La certitude qui venait de s'imposer à lui s'accompagnait d'un immense soulagement. Quelles que soient leur affection et leur attirance mutuelles, il n'y avait pas d'avenir commun pour Catherine et lui. Et ce n'était pas parce qu'il était perturbé. Non, c'était parce que Kitty Wilde ferait toujours passer sa carrière avant le reste.

— Tu n'as peut-être pas eu une aventure, Catherine, mais j'imagine que Luke voulait une place de plus en plus importante dans ta vie. Alors tu as pris la fuite pour ne pas mettre ta carrière en péril.

— Arrête, Alaric. Arrête ! Tu ne sais pas de quoi tu parles.

À sa grande consternation, il vit des larmes ruisseler sur les joues de Catherine. Elle tremblait de tout son corps… Cette rupture avait-elle été si douloureuse ? Avait-elle aimé Luke à ce point ? Et elle avait quand même préféré son métier ? Il secoua la tête, partagé entre la jalousie et la pitié.

— Dis-moi, murmura-t-il. Est-ce que ça en vaut vraiment la peine ?

— Quoi donc ?

— Ta carrière, la célébrité.
— Je ne comprends pas…
— Tu es seule. Tu me critiques parce que je vis seul ici, mais dans le fond, tu es dans la même situation. Pour toi ça doit même être encore pire. Entourée par une foule de gens jour après jour, mais toujours seule… Moi au moins j'ai choisi ma solitude. Pas toi. Tu es en train de pleurer sur un homme que tu as choisi de quitter.
Elle poussa un soupir tremblant.
— Tu ne comprends pas.
— Alors explique-moi.
— Je ne peux pas.
— Pourquoi ?
— Parce que…
Elle croisa les bras sur son ventre.
— Dans ce cas, mettons-nous d'accord pour ne plus nous mêler de nos vies respectives. Tu ne veux pas parler de ce qui s'est passé avec Luke. Et moi, je n'ai aucune envie de parler des raisons pour lesquelles je suis ici.
— Mais, Alaric…
— Il n'y a pas de « mais », Catherine. Tu arrêtes de te mêler de ma vie, et en retour j'en fais autant. Maintenant, j'ai du travail.
Elle le regarda en silence et il sentit son estomac se nouer. Était-il allé trop loin ? Allait-elle refuser de dîner avec lui ? Faire ses valises et partir ?
— Je te laisse travailler.
Alors qu'elle s'éloignait il lança :
— Je te vois au dîner ?
Elle s'immobilisa, regarda par-dessus son épaule, puis après une hésitation elle hocha imperceptiblement la tête.
— Bien.
Il la suivit des yeux tandis qu'elle s'en allait. Emportant avec elle toute la chaleur et toute la lumière. Il regarda les

écrans et ne vit rien d'autre que les larmes de Catherine, la souffrance sur son visage… tout ça pour un homme qu'elle avait choisi de quitter. Un homme qui avait réussi à gagner une place dans son cœur, mais à qui elle n'avait pas pour autant accordé la priorité dans sa vie. Il eut la chair de poule. Il fallait vraiment qu'il garde ses distances. Mais au lieu de ça, ils dînaient ensemble ce soir. Il ne devrait pas s'en réjouir… Mais c'était Catherine, et son cœur se moquait éperdument de sa raison.

7.

Elle jouait avec le feu, elle le savait. Mais elle était furieuse. Furieuse qu'Alaric la compare à sa mère, furieuse qu'il échafaude des théories sur sa relation avec Luke, furieuse d'attacher une telle importance à l'opinion qu'il avait d'elle. Furieuse d'être incapable de lui expliquer la vérité sur sa rupture.

Comment le dîner allait-il se passer ? Elle l'ignorait, mais elle allait faire en sorte de se sentir invincible. Maquillage sublime et robe de star. Pas question de s'effondrer de nouveau. Il ne voulait pas discuter de son passé ? Pas de problème. À condition que de son côté il laisse tomber le sien. Y penser était insupportable. Alors en parler… La souffrance, le remords, la souffrance partagée avec Luke pour un bébé… un bébé qu'ils… *qu'elle* n'avait pas désiré et qu'elle avait perdu quelques semaines après le test. Mais au cours de ces quelques semaines tout avait changé. Après la panique et l'envie que ce bébé disparaisse, elle avait pris conscience qu'une vie grandissait en elle et que rien n'était plus précieux. Son point de vue avait changé radicalement parce qu'elle avait décidé de ne pas être comme sa mère. Jamais comme sa mère… Et juste au moment où la vie était redevenue belle, encore plus belle qu'avant, elle avait perdu son bébé. La punition suprême pour son égoïsme. Catherine se figea dans l'escalier. Sa main se posa sur son ventre, tandis que de l'autre elle s'agrippait à la rampe en tentant de réprimer une énième vague de chagrin et de remords. Elle n'était pas comme sa mère. Et pourtant, elle avait manqué à ses devoirs envers son enfant avant même qu'il vienne au monde. Elle inspira profondément. Même Flo ne connaissait pas toute la vérité. Elle ignorait qu'au début elle avait refusé de croire à sa grossesse et qu'ensuite elle l'avait refusée tout court… Comment pourrait-elle en parler à Alaric quand il avait déjà une aussi mauvaise opinion d'elle ?

Lorsqu'elle arriva sur la terrasse il s'y trouvait déjà, un verre à la main, le regard tourné vers la vue. Elle s'avança vers lui et s'éclaircit la voix, surprise qu'il ne semble pas avoir perçu sa présence.

— C'est une belle soirée.

Le coucher du soleil était magnifique. Mais si elle avait dit ça, c'était parce qu'elle avait senti qu'Alaric était plongé dans des pensées aussi moroses que les siennes. Elle avait voulu l'inciter à se détendre, comme elle en avait l'intention elle-même. Il fallait qu'il comprenne qu'elle avait tourné la page sur leur discussion et qu'elle attendait qu'il en fasse autant.

— C'est vrai.

Il se leva de son siège et promena sur elle un regard appréciateur qui lui fit chaud au cœur. Elle aimait cette robe. Son tissu fluide et chatoyant donnait l'impression qu'elle était vêtue d'or liquide. Décolletée en V et de coupe portefeuille, la robe descendait jusqu'aux chevilles mais s'entrouvrait à chacun de ses pas, dévoilant ses jambes. Elle se sentait sexy. Et elle avait besoin de ça pour affronter cette soirée.

— Tu es…

Il s'éclaircit la voix en s'avançant vers elle.

— Il ne manque plus que le tapis rouge.

— Je suis trop habillée ?

— Non !

Plissant légèrement le front, il enfonça les mains dans les poches de son pantalon.

— Tu es juste sublime.

Rassurée, elle retrouva le sourire.

— Je dois dire que tu es toi-même digne du tapis rouge.

Il était vêtu d'un pantalon noir et d'une chemise marine au col ouvert, qui soulignaient sa silhouette athlétique. Il avait visiblement enduit ses cheveux d'un produit qui disciplinait ses mèches folles, dégageant son visage. Et il s'était rasé… Sa cicatrice n'avait jamais été aussi visible. Il ne la lui cachait plus… S'humectant les lèvres elle s'immobilisa devant lui et posa les mains sur son torse avant de se hisser sur la pointe des pieds pour déposer un baiser sur sa joue. Elle savoura un instant son parfum et la chaleur qui émanait de son corps, puis elle s'écarta. Mais il glissa un bras autour de sa taille et la retint contre lui.

— Tu aimes jouer avec le feu, n'est-ce pas ?

Comment le nier, puisque c'était ce qu'elle avait pensé en se préparant ?

— Seulement quand c'est amusant.

— Amusant pour qui ?

— Pour tous les deux.

Des étincelles jaillirent des yeux d'Alaric et une veine se mit à battre frénétiquement dans son cou. Elle se dégagea de son bras. Si elle ne s'écartait pas de lui immédiatement elle allait succomber à la tentation de l'embrasser… Elle fit un pas en arrière mais il l'attira de nouveau contre lui.

— Est-ce juste un jeu pour toi, Catherine ?

— Si c'est un jeu qui nous satisfait tous les deux, je suis pour, répliqua-t-elle d'une voix altérée par l'excitation.

Il laissa échapper un grognement sourd.

— Que veux-tu de moi ?

— Là, tout de suite ? Tu es un homme intelligent, je te laisse deviner.

— Et si j'ai besoin que tu le dises ?

Électrisée, elle se hissa de nouveau sur la pointe des pieds et effleura ses lèvres d'un coup de langue furtif. Puis elle plongea son regard dans le sien.

— C'est assez clair ?

Avec un grognement étranglé, il s'empara de sa bouche dans un baiser vorace. Elle y répondit avec ardeur, enfonçant les mains dans ses cheveux et se plaquant contre lui. Son cœur cognait à grands coups dans sa poitrine. Ou peut-être était-ce celui d'Alaric ? Elle ne savait pas… S'ils pouvaient juste rester ainsi longtemps, longtemps… Une exclamation étouffée les fit tressaillir et ils tournèrent la tête en même temps vers Dorothea.

— Je reviendrai plus tard !

— Non, non, il n'y a pas de problème.

La voix rauque d'Alaric fit courir un long frisson le long de l'épine dorsale de Catherine. Inspirant profondément, elle s'écarta de lui. Ses joues étaient en feu et son cœur – cette fois c'était bien le sien – battait à tout rompre. Lissant sa robe, elle adressa un sourire contrit à Dorothea.

— Désolée, Dorothea.

— Ne vous excusez pas, c'est la chose la plus excitante qui soit jamais arrivée sur cette île !

Alaric grogna, et Catherine éclata d'un rire joyeux. Ces yeux brillants, ces pommettes rouges… Il semblait plus jeune, moins tendu. Oh ! quel plaisir de le voir comme ça ! Elle sentit son cœur se gonfler d'une émotion indicible. Ses sentiments pour Alaric prenaient des proportions alarmantes. Il fallait absolument qu'elle parvienne à les contrôler. Mais comment faire ? Elle n'avait jamais rien éprouvé de tel. Pas même avec Luke. Ce qui lui arrivait était tout nouveau. D'une intensité inhabituelle. Ce n'était pas seulement le réveil de sentiments anciens comme elle l'avait cru au départ.

— Laissez-moi vous aider.

Elle se précipita vers Dorothea, anxieuse de chasser les pensées qui envahissaient son esprit. Elle prit les légumes sur le plateau et les disposa à côté des assiettes, tandis que Dorothea posait le plat principal au centre de la table avant d'écarter le papier sulfurisé qui le recouvrait. Une odeur délicieuse s'en échappa et Catherine la huma en fermant les yeux. Quand elle les rouvrit elle surprit le regard d'Alaric sur elle. Ses yeux étaient pleins de tendresse et son visage exprimait la même peur que celle qui grandissait tout au fond d'elle. Ce lien très fort risquait de les briser s'ils n'y prenaient pas garde…

— Je vous laisse dîner en paix, déclara Dorothea. Il reste des légumes dans la cuisine, si vous en voulez davantage.

— Je pense que ça ira, murmura Alaric sans quitter Catherine des yeux. Vous pouvez rentrer chez vous.

— Je nettoierai quand vous aurez terminé, et ensuite…

— Non, je m'en occuperai. Prenez le kleftiko et les légumes qui restent pour vous et Andreas. Passez une bonne soirée. *Kalispera.*

— Oh ! il est inutile de me le dire deux fois ! s'exclama Dorothea en leur adressant un signe de tête à chacun. *Kalispera.*

— *Kalispera*, Dorothea, dit Catherine.

Elle suivit la gouvernante des yeux et sentit l'atmosphère devenir de plus en plus électrique au fur et à mesure qu'elle s'éloignait. Elle se tourna vers Alaric. Il l'enveloppait d'un regard étincelant qui fit courir un long frisson le long de son épine dorsale.

— Qu'y a-t-il ?

— Si nous dînions en savourant le plaisir d'être ensemble ?

« Le plaisir d'être ensemble » ? Ravie, elle hocha la tête tandis qu'il lui servait un verre de vin.

Elle jeta un coup d'œil à la bouteille.

— Et en dégustant un bordeaux rouge hors de prix ? dit-elle en levant son verre avec un sourire malicieux.

Il trinqua.

— Le kleftiko de Dorothea mérite bien ça.

Ils avaient fini de dîner. Le kleftiko de Dorothea était divin, comme d'habitude. Quant à sa convive… elle était fantastique. Depuis toujours et pour toujours. De son côté, il n'était pas naïf. Il savait comment allait se terminer la soirée. Il savait également que c'était une mauvaise idée. Très mauvaise. Mais à chaque fois qu'il croisait son regard il oubliait pourquoi.

— Il reste un peu de kleftiko, tu en veux ? demanda-t-elle.

Il secoua la tête.

— Et toi ?

— Elle secoua la tête.

— Un autre verre ?

— Que me proposes-tu ?

— De quoi as-tu envie ?

À chaque question, leurs sourires entendus s'élargissaient.

— Champagne, vin doux, ouzo, raki ?

— Le raki, ce n'est pas cet alcool qui déchire le foie ?

Il pouffa.

— Champagne ?

— Ça me paraît parfait.

Il se leva pour débarrasser. Elle se leva également mais il secoua la tête.

— Je m'en occupe. Ce serait dommage que tu taches une robe aussi somptueuse.

— Cette vieillerie ? s'exclama-t-elle en lui adressant un clin d'œil. Ne t'inquiète pas pour ça !

Il réprima un sourire. Inutile de discuter. Si elle avait décidé de l'aider, elle le ferait. Ils débarrassèrent et rangèrent la cuisine, comme il l'avait promis à Dorothea. Ça paraissait naturel, *trop* naturel, d'accomplir ces tâches domestiques avec Catherine…

— Je suppose qu'il ne t'arrive pas souvent de débarrasser la table après le dîner ? demanda-t-elle alors qu'il prenait deux flûtes à champagne dans un placard.

— Insinuerais-tu que je ne semble pas complètement à l'aise dans ma propre cuisine ?

Les yeux pervenche pétillèrent de malice.

— Quelque chose comme ça.

— Eh bien, figure-toi que je participe de temps en temps. Mais je n'aime pas être dans les jambes de Dorothea. Et elle n'aime pas ça non plus !

— Je le crois volontiers, mais…

— Mais ?

Elle se mordit la lèvre tout en essuyant la cocotte qu'il venait de laver.

— Voir un homme accomplir des tâches domestiques…

Elle promena sur lui un regard appréciateur qui attisa le feu qui courait dans ses veines.

— Un homme aussi athlétique et viril que toi… je ne sais pas si je trouve ça amusant ou sexy.

Il la rejoignit en deux enjambées.

— Laisse-moi t'aider.

Il lui prit la cocotte et le torchon des mains pour les poser sur le plan de travail.

— Ce n'est pas comme ça que tu vas m'aider…

— Je ne parlais pas de t'aider à essuyer la cocotte…

Il referma un bras sur elle et réprima un grognement extatique lorsqu'elle se pressa contre lui.

— Mais à trouver la réponse à cette question que tu te poses.

— Oh…

Il s'empara de sa bouche dans un baiser enflammé, la

coinçant contre le comptoir tandis qu'elle s'agrippait à ses épaules en gémissant. Elle enroula une jambe autour de sa taille, plaquant son bassin contre le sien. Au bout d'un moment elle s'arracha à sa bouche et murmura :

— Alaric ?

— Oui ?

— Emmène-moi au lit.

La flèche de désir qui le transperça lui coupa le souffle. Elle lui offrait tout ce dont il rêvait. Tout ce dont il avait toujours rêvé…

— Mais…

Elle posa un doigt sur ses lèvres.

— Pas de « mais »… Je ne te demande rien d'autre qu'une nuit. Pour assouvir ce désir mutuel avant que nous en perdions le contrôle.

À vrai dire, il pensait qu'ils l'avaient perdu depuis longtemps…

8.

Catherine suivit Alaric dans l'escalier, vibrante d'excitation. Et un peu incrédule. Alaric et elle… ? Ça paraissait si incroyable ! Mais prudence. C'était juste pour une nuit… Au moment où il ouvrait la porte de sa chambre, elle l'attira vers lui et l'embrassa avec fougue.

— J'ai oublié le champagne, murmura-t-il contre ses lèvres. Installe-toi, je reviens tout de suite.

Secouant la tête, elle l'entraîna dans la chambre.

— Non, je n'ai pas besoin de champagne. J'ai juste besoin de toi.

— J'aime entendre ça, répliqua-t-il en la soulevant de terre.

Elle noua les jambes autour de sa taille tandis qu'ils s'embrassaient de nouveau avec passion. S'il aimait ça, il accepterait peut-être qu'elle le lui redise ? Tous les jours ? Pendant son séjour et au-delà ? Pourraient-ils poursuivre leur relation une fois qu'elle aurait quitté l'île ? *Arrête de penser !* Il l'allongea sur le lit, la rejoignit et s'empara de nouveau de sa bouche. Elle répondit à son baiser avec une ferveur redoublée pour réduire son esprit au silence. Une seule chose comptait. Ici et maintenant.

S'arrachant à ses lèvres, il parsema sa mâchoire de baisers jusqu'au point sensible juste sous son oreille.

— Cette robe… elle me tue, murmura-t-il en la caressant à travers le tissu.

— C'est une de mes favorites.

Avec un murmure d'approbation, il glissa un doigt sous une des bretelles et la fit glisser sur son épaule.

— Et pas de soutien-gorge… Tu me tues, Catherine.

Elle enfonça les doigts dans ses cheveux tandis qu'il parsemait son décolleté de baisers.

— Si c'est ça, mourir, je suis prête à recommencer un millier de fois.

Il leva la tête et elle fut assaillie par une bouffée de panique. Quelle idiote ! Elle avait parlé sans réfléchir… Était-elle allée trop loin ?

— Toi et moi, ensemble.

Ce fut un murmure à peine audible, mais un immense soulagement la submergea. Juste avant d'être balayé par une vague de désir quand il dénuda un de ses seins. Elle sentit son souffle sur la pointe érigée, puis sa langue, ses lèvres, ses dents… Les ongles enfoncés dans ses épaules à travers sa chemise, elle renversa la tête en arrière et ferma les yeux en murmurant son nom entre deux gémissements. Elle sentit sa main glisser jusqu'à sa taille.

— À la réflexion, cette robe n'est pas faite pour le tapis rouge.

— Non ?

— Non.

Se redressant sur ses genoux, il tira d'un coup sec sur le nœud de la ceinture.

— Un faux mouvement, et…

Il écarta les deux pans de tissu, dévoilant son corps nu à l'exception d'un string doré. Le regard avide qu'il promena sur elle mit le comble à son excitation.

— Reviens ici, murmura-t-elle avec un sourire gourmand.

Il se pencha sur elle aussitôt, mais elle l'arrêta en posant les mains sur son torse.

— Pas si vite.

Alors qu'elle défaisait le premier bouton de sa chemise, il se raidit.

— Qu'y a-t-il ?

— Je ne suis pas… Ce n'est pas…

Il baissa la tête et ferma les yeux.

— Ce n'est pas beau à voir, Catherine.

— Pas beau ? répéta-t-elle en lui prenant le menton pour lui faire relever la tête. J'ai envie de toi, Alaric.

Il déglutit péniblement, et elle déboutonna lentement sa chemise.

— J'ai envie de toi tout entier. J'ai envie de chacune des cicatrices qui font de toi l'homme tu es aujourd'hui…

Les yeux étincelants, il laissa échapper un profond soupir puis il l'embrassa.

— Je suis à toi.

Le cœur battant elle fit glisser sa chemise sur ses épaules, savourant la douceur de sa peau et la dureté de ses muscles. Puis il se redressa pour sortir sa chemise de son pantalon et finir de s'en débarrasser. Elle l'enveloppa d'un regard ébloui. Il était si beau… si sexy… Lorsqu'il se pencha de nouveau sur elle, elle secoua la tête.

— Le moment est venu d'inverser les rôles, annonça-t-elle en l'obligeant à s'allonger sur le dos.

Son rire rauque la galvanisa.

— J'aurais dû me douter qu'au lit aussi tu n'en ferais qu'à ta tête !

Elle se mit à califourchon au-dessus de lui.

— Des réclamations ?

— Aucune, princesse.

Promenant les mains sur son torse, elle traça le contour de ses muscles sous la peau recouverte d'une fine toison brune, puis elle effleura les cicatrices qui marquaient son côté gauche.

— Elles sont douloureuses ?

— Non, elles sont devenues pratiquement insensibles.

— Ça t'ennuie si je les touche ?

— Tu peux faire tout ce que tu veux. Je t'ai dit que j'étais à toi…

Pour cette nuit, se rappela-t-elle fermement en se penchant sur lui pour effleurer du bout des lèvres la cicatrice qui barrait sa joue.

— Tu es un sacré spécimen, Alaric.

Nouveau rire contraint.

— Un spécimen plein de cicatrices.

— Et alors ? Elles racontent l'histoire de ta vie. Tu ne devrais pas les cacher.

Elle pressa les lèvres sur l'une d'elles puis la lécha du bout de la langue.

— Tu es tellement beau…

Elle poursuivit l'exploration de son torse, puis elle se redressa et déboucla sa ceinture avant de lui enlever son pantalon et ses chaussettes. Leurs chaussures avaient disparu dans l'escalier, entre la cuisine et la chambre. Elle descendit du lit, finit de se débarrasser de sa robe et s'immobilisa.

— J'enlève mon string et tu enlèves ton slip.

Sous le regard étincelant des yeux outremer, elle fit glisser son string sur ses hanches, puis elle le laissa tomber à ses pieds.

— Catherine, tu… tu vas vraiment me tuer…

— J'espère que non ! J'ai trop envie de toi !

Il laissa échapper un rire étranglé.

— J'attends, dit-elle avec un regard appuyé sur son slip.

Il l'enleva si vite qu'elle poussa un cri de surprise quand il bondit du lit et la saisit par la taille pour l'y ramener avec lui. Tandis qu'il l'embrassait goulûment en la couvrant de caresses fébriles, elle noua les jambes sur sa taille, creusa les reins, et se figea.

— Préservatif !

Elle se mordit la lèvre, s'efforçant de chasser de son esprit les souvenirs, la souffrance…

— Tu en as ?

Il roula sur le dos et se frappa le front.

— Quel idiot ! J'en ai, mais ils datent d'avant mon arrivée ici. Tu ne prends pas la pilule ?

— Non. Contre-indication. Va vérifier. Ils sont peut-être encore valables.

Il se leva et elle le suivit des yeux, le cœur léger. Pas question de laisser quoi que ce soit gâcher cette nuit.

Alaric ouvrit l'armoire à pharmacie de la chambre d'amis et prit la boîte de préservatifs qu'il y avait rangée quand il avait fait de la place dans la grande chambre pour Catherine. Il n'avait pas songé à vérifier la date, et à vrai dire il avait même failli la jeter… Il la tourna et la retourna avec des doigts tremblants. Catherine… Elle l'attendait dans son lit… Et après ? Comment pourraient-ils faire comme s'il ne s'était rien passé ? Allait-elle vouloir recommencer ? Et lui ? Plus rien ne serait comme avant, non ? Ce n'était qu'une nuit de passion, se dit-il pour se rassurer. Ni plus ni moins. L'avenir n'avait rien à y voir.

Et Fred ? S'accorder cette nuit n'était-ce pas le trahir ? Il était vrai qu'il souffrirait encore plus qu'avant une fois que Catherine serait partie. Assailli par une bouffée d'angoisse, il fit le vide dans son esprit. Une seule chose comptait. Catherine l'attendait dans son lit. Il vérifia la boîte de préservatifs. Toujours valables… Il ferma la porte de l'armoire à pharmacie et surprit son reflet dans le miroir. Sur sa peau rougie par le désir, ses cicatrices étaient encore plus apparentes. Hideuses. Était-elle folle ? Comment pouvait-elle avoir envie de lui ? Le contraste entre eux était saisissant. Et pourtant… elle avait vraiment envie de lui.

Il l'avait senti dans chacun de ses baisers, chacune de ses caresses. Il l'avait vu dans ses yeux, il l'avait entendu dans sa voix. Il regagna la chambre et la trouva telle qu'il l'avait laissée. Nue, souriante, les yeux étincelants.

— J'étais sur le point d'aller te chercher.

— Je te manquais tant que ça ? demanda-t-il en lançant la boîte sur la table de chevet avant de s'allonger près d'elle.

— Oui.

Ils échangèrent un baiser ardent, puis il enfila un préservatif. Elle noua les jambes sur ses reins et plongea son regard dans le sien tandis qu'il s'enfonçait en elle. Au sein du tourbillon de passion qui les emportait, il fut assailli par une certitude. Il ne pourrait pas se permettre de renouveler l'expérience. Elle était trop extrême. Trop inouïe. Trop bouleversante. Il ne maîtrisait plus rien. Il était perdu… Demain il faudrait à tout prix refermer la parenthèse et reprendre le contrôle de sa vie.

9.

Catherine se réveilla au son des vagues. Une bonne odeur de café flottait dans l'air et la brise marine lui caressait la peau… La félicité. Elle avait des courbatures délicieuses et un sourire étirait déjà ses lèvres avant qu'elle ouvre les yeux. La baie vitrée était entrouverte, et une cafetière était posée sur la table de chevet, avec deux mugs, une carafe de jus d'orange, deux verres et des pâtisseries. Miam…

— Bonjour, belle endormie.

Elle se retourna et vit Alaric debout au pied du lit, une serviette nouée sur les hanches et une autre autour du cou. Ses cheveux étaient mouillés et des gouttes scintillaient sur sa peau. Si seulement elle s'était réveillée quelques minutes plus tôt… La gorge sèche, elle déglutit péniblement. Comment pouvait-elle avoir encore envie de lui à ce point ? Ils n'avaient dormi que quelques heures. Le reste de la nuit, ils l'avaient passée à tenter d'assouvir ce désir insatiable.

— Je commençais à me dire que j'allais être obligé de te réveiller.

Il souleva la serviette de son cou pour se sécher les cheveux. Un geste très innocent, sauf qu'il fit gonfler ses pectoraux et ses biceps. Miam miam ! Très consciente de sa nudité, elle s'étira en guettant ses yeux. À sa grande joie ils se promenèrent sur son corps, brillant d'un éclat révélateur. Tout allait bien. Il avait encore envie d'elle. Mais ils étaient en territoire inconnu… le matin suivant la plus torride des nuits… Était-ce terminé ? Ou bien pouvaient-ils se permettre de jouer les prolongations ?

— Peux-tu me dire comment tu comptais t'y prendre pour me réveiller ? demanda-t-elle avec un sourire mutin.

Les yeux étincelants, il lui rendit son sourire et fit le tour du lit pour s'approcher d'elle. Mais il s'immobilisa brusquement et ce fut comme si un mur invisible s'élevait entre eux.

— Il faut que nous parlions.

Elle se surprit à faire la moue. Ce n'était pourtant pas son genre…

— Après le café, d'accord ? répliqua-t-elle en s'asseyant. Je ne suis bonne à rien sans ma dose du matin.

Il hocha la tête en souriant. Au moment où il s'écartait du lit, elle le retint par la serviette nouée sur ses hanches.

— Je ne parlais pas seulement de ma dose de caféine.

Un coup sec et il fut sur le lit avec elle, la serviette en boule sur le sol. Avant qu'elle ait le temps de pousser un cri de triomphe, il s'empara de sa bouche.

— Je savais que j'aurais dû m'habiller avant que tu te réveilles, murmura-t-il contre ses lèvres en la couvrant de caresses.

— Et gâcher ma matinée ?

Elle lui mordilla la lèvre tout en lui griffant doucement le dos. Il lui prit les mains, les joignit aux siennes et les immobilisa au-dessus de sa tête.

— C'est une chance que j'aie dit à Dorothea de prendre sa journée. Tu es insatiable.

— C'est drôle, je pensais exactement la même chose de toi.

Il captura de nouveau sa bouche avec une passion qui la transporta. Voilà le genre de réveil qu'elle appréciait…

Une heure plus tard, après avoir pris une douche et enfilé un deux-pièces noir, elle le rejoignit à table sur la terrasse de sa chambre… sa chambre à lui. Il avait refait du café et préparé des œufs, du jambon et des toasts. Les pâtisseries avaient disparu.

— Waouh, c'est un festin.

— Dorothea a fait du pain frais ce matin et l'a déposé ici en allant à la crique avec Andreas.

— On dirait qu'ils se sont concocté une journée parfaite, commenta-t-elle en souriant.

Si seulement la leur pouvait être aussi parfaite… Elle s'assit en face d'Alaric et se servit du café. La discussion promise n'allait sans doute pas tarder à commencer et elle n'avait aucune envie qu'elle gâche la journée. Celle-ci avait trop bien commencé. Les coudes sur la table, elle se cacha derrière son mug pour l'observer à la dérobée. Le regard sur la mer au-delà de la piscine, il avait le front plissé. Ce n'était sans doute pas uniquement à cause du soleil et elle n'avait aucune envie de l'encourager à révéler ses pensées. Il lui jeta un coup d'œil furtif. Puis un autre. Elle posa son mug et toucha ses cheveux mouillés, soudain embarrassée. Pour la première fois depuis… toujours, sans doute, elle ne s'était ni coiffée ni maquillée. Non seulement elle avait été trop pressée de le rejoindre, mais il avait réussi à lui donner le sentiment d'être belle et désirable telle qu'elle était. Si bien qu'elle n'avait pas éprouvé le besoin de se cacher derrière ses fards habituels. Mais avait-elle eu raison ? Elle commençait à avoir des doutes…

— Qu'y a-t-il ? demanda-t-elle alors qu'Alaric lui lançait un nouveau coup d'œil.

— Tu n'es pas maquillée du tout.

Les joues en feu, elle haussa les épaules en s'efforçant de prendre un air désinvolte.

— J'ai eu envie de m'en passer. Pour changer.

— Ça te va bien. Tu n'as pas besoin de maquillage.

— Vraiment ? Pendant un moment, j'ai eu des doutes.

Elle en avait encore…

— Je suis sincère, Catherine, tu n'as pas besoin de fards pour être belle. Tu es magnifique.

Elle sentit sa gorge se nouer. Il lui avait fait toutes sortes de compliments toute la nuit… C'était exaltant et effrayant à la fois. Comment ne pas avoir envie d'autre chose qu'une aventure ? Stop. Elle savait qu'une relation durable avec lui était impossible. Alors pourquoi ne pas affronter tout de suite la discussion en suspens et s'en débarrasser une fois pour toutes ? Elle prit sa fourchette et goûta les œufs brouillés. Ils étaient délicieux, mais elle ne pourrait pas avaler une bouchée de plus tant qu'ils n'auraient pas mis les choses au clair. Elle reposa sa fourchette.

— Bien… j'ai eu ma dose de café, nous avons batifolé, maintenant parlons.

Voyant Alaric se dépêcher de manger la bouchée qu'il venait de prendre, elle se maudit. Pourquoi s'était-elle précipitée ? Si elle n'avait rien dit, il aurait peut-être renoncé à lui parler. Quelle idiote !

Il se cala dans son siège.

— Cette nuit c'était…

— Bien ? suggéra-t-elle d'un ton désinvolte.

Elle était actrice, après tout.

— Oui.

— Mais ?

Il déglutit péniblement et tourna les yeux vers la mer en passant les doigts dans ses cheveux.

— Vas-y, tu peux dire ce que tu as à dire, Alaric. C'était juste une nuit, une parenthèse que nous nous sommes accordée. Et maintenant… que sommes-nous exactement l'un pour l'autre ?

Un silence, puis il tourna de nouveau le regard vers elle.

— Amis ?

« Amis. » Catherine fut submergée par une vive émotion. Il n'y avait pas si longtemps, il lui avait dit qu'ils ne pourraient jamais plus l'être… Cette fois elle eut un vrai sourire. Bien sûr, elle aurait préféré qu'il dise « amants ». Mais, au moins, il ne rejetait plus son amitié. C'était un énorme progrès.

— Amis ?

Les yeux brillants, Catherine eut un sourire à couper le souffle.

— Ça, c'est une bonne surprise, ajouta-t-elle d'un ton taquin.

Alaric dut faire appel à toute sa volonté pour résister à l'envie de la prendre par la main pour l'entraîner de nouveau dans la chambre.

— Tu ne trouves pas ? insista-t-elle d'une voix douce.

— Oui, Catherine. Je sais ce que j'ai dit l'autre jour. Mais les choses ont changé.

— Quelle chance pour moi !

Ces yeux pervenche le rendaient fou. Il s'était noyé dedans toute la nuit… et encore ce matin. Il avait été stupide de franchir cette ligne avec elle. Mais s'il pouvait remonter le temps, agirait-il différemment ? Bon sang, non ! Alaric recommença à manger. C'était le meilleur moyen d'occuper ses mains et de se concentrer sur autre chose que ces yeux pervenche… Oui, il était vraiment stupide. Parce que maintenant il savait à quel point la vie pourrait être belle avec elle… Mais ils étaient amis, juste amis. S'il voulait garder un espoir de préserver son cœur, il fallait qu'il prenne de nouveau ses distances avec elle.

10.

Catherine avait considéré leur lendemain matin comme globalement positif. Conversation civilisée, échange de compliments, plaisanteries, et accord sur un point. L'expérience avait été une réussite mais elle ne se renouvellerait pas. Et surtout, Alaric avait déclaré qu'ils étaient de nouveau amis. Un bonus.

Cinq jours plus tard, elle déchantait. Depuis ce matin-là, Alaric était redevenu fuyant. Chaque jour il se montrait un peu moins… Il recommençait à l'éviter et ça la rendait folle. Quand il lui avait dit qu'ils étaient de nouveau amis, elle l'avait cru ! Mais pas question de faire irruption dans son bureau. Elle refusait de quémander son attention.

Comme tous les jours elle avait décidé d'aller courir dehors. En principe, l'épuisement et la chaleur devaient anesthésier son corps et son esprit, les rendre imperméables à toute pensée ou sensation liées à Alaric. Sauf que ça ne fonctionnait pas. Après trente minutes de course elle pensait toujours à lui. Lui et son sourire. Lui et ses yeux. Lui et son corps. Mais surtout, elle était poursuivie par l'image de son visage quand il lui murmurait des mots tendres en lui faisant l'amour… Non. Ils n'avaient pas fait l'amour. Ils avaient juste couché ensemble…

S'essuyant le front, elle augmenta le volume de ses écouteurs et promena son regard autour d'elle, admirant la beauté du paysage. L'oliveraie, la mer qui scintillait sous le soleil, le ciel d'un bleu éclatant… Elle abordait un passage particulièrement rocailleux quand la musique s'interrompit, remplacée par la sonnerie de son téléphone. Elle consulta sa montre connectée. Kelsey, son agent. Elle ralentit et prit l'appel.

— Kelsey, que se passe-t-il ?

— Tu es en train de faire du sport ? S'il te plaît, dis-moi que c'est ça, parce que cette voix haletante…

Elle pouffa et s'immobilisa. Les mains sur les hanches, elle inspira profondément.

— Je cours.

— Si je ne me trompe pas, il est 16 heures en Grèce, et tu cours dehors en plein été. Tu es folle ?

— Un peu. Qu'y a-t-il ?

— Je t'ai envoyé un mail à propos de tes interviews pour la promotion du film.

— Et tu me téléphones pour… ?

— Pour m'assurer que tu vas le lire.

— Je consulte régulièrement mes mails, tu le sais.

— C'est vrai, mais…

— Accouche, Kelsey. Ça ne te ressemble pas de tourner autour du pot.

— C'est Luke.

— Quoi ?

— Il assurera la promotion avec toi.

— Je m'en doute, puisque nous partageons l'affiche.

— Je sais, mais je… je voulais être sûr que tu serais d'accord.

— Bien sûr. Pourquoi cette question ?

— C'est juste qu'entre les derniers articles, les déclarations de ta mère et les…

— Les déclarations de ma mère ?

— Tu n'as pas vu ?

— Non.

— C'est sur tous les réseaux sociaux.

— C'est Charlie qui s'occupe de ça. J'ai désactivé mes notifications.

Charlie, son assistante, ne la dérangeait que lorsqu'elle le jugeait strictement nécessaire. Or ce que sa mère faisait ou pas ne l'intéressait pas.

— Il faut vraiment que je sache ce qu'elle raconte ?

— C'est juste que ta mère étant ta mère… elle aime faire parler d'elle et, en prenant le parti de Luke à propos de ta prétendue aventure, elle fait *beaucoup* parler d'elle.

— *Quoi ?*

Catherine inspira profondément. Pourquoi était-elle surprise ?

— Kitty ?

— Il n'y a pas de problème entre Luke et moi, Kelsey. Peu importe ce que ma mère raconte. Tout le monde sait que nous ne nous entendons pas.

Le monde entier savait qu'elle était brouillée avec ses parents et en particulier sa mère. En revanche, personne n'était au courant pour le bébé. Personne à part Flo et Luke. Or c'était la seule information qu'elle tenait absolument à garder secrète.

— Bien. C'est bien. Ce sera beaucoup plus simple devant la presse si vous êtes restés en bons termes.

— Nous sommes en très bons termes.

Luke avait été fantastique. Il avait tenté de la rassurer, de l'aider. Pas une seule fois il ne l'avait tenue pour responsable de la fausse couche… Mais cela ne l'empêchait pas de se sentir terriblement coupable.

— Tu avais autre chose à me dire ?

— L'avant-première à L.A.… avec qui comptes-tu y aller ?

— Il est prévu que Luke et moi nous y allions ensemble, non ?

— Vraiment ? Tu veux que la presse parle de votre relation alors qu'elle devrait s'intéresser avant tout au film ? Et si, de son côté, il a prévu de venir accompagné ?

— Dans ce cas j'irai seule.

— Je peux essayer de trouver quelqu'un qui…

— Allons, Kelsey, je n'ai pas besoin d'un cavalier. Je suis parfaitement capable de me présenter seule.

— Très bien.

— C'est tout ?

— Oui… oh, non ! Comment avance ton scénario ? Tu penses que je pourrai commencer à en parler bientôt ?

— J'espère.

C'était la seule chose qui se déroulait comme prévu. Elle était tellement frustrée par l'attitude d'Alaric qu'elle consacrait toute son énergie à l'écriture.

— Excellent. Je te laisse courir. Mais sois prudente par cette chaleur, d'accord ? Il ne faudrait pas que tu sois victime d'un coup de chaleur. Ou que tu rentres rouge comme une écrevisse et que tu pèles de partout… Le maquillage ne peut pas tout cacher.

Elle roula les yeux.

— À plus tard, Kels.

— Au revoir, ma belle.

Elle se remit à courir, doublement exaspérée. Par Alaric mais aussi par Hollywood. Cette obsession de la perfection et des apparences était ridi… ! Le sol se déroba sous elle et une douleur fulgurante lui transperça la cheville.

— Aïe !

Un caillou venait de la déséquilibrer en roulant sous son pied. Elle mit les mains en avant pour amortir le choc, mais elle s'écorcha sur la rocaille avant de rouler dans les épineux qui bordaient le sentier. La musique s'arrêta. Seuls les cris des oiseaux qu'elle avait effrayés et les stridulations des insectes firent écho à son cri de douleur. Elle ferma les yeux en gémissant. Super ! Il ne manquait plus que ça !

Alaric regardait les écrans dans son bureau, mais sa concentration s'amenuisait. S'amenuisait ? Allons donc ! Elle était quasi nulle depuis l'arrivée de Catherine. Et c'était encore pire depuis la nuit qu'ils avaient passée ensemble... Un souvenir inoubliable. Il était si bien avec elle ! L'envie de prolonger cette relation était de plus en plus forte... Alors il la fuyait de nouveau. C'était le seul moyen de résister à la tentation de commettre de nouvelles folies. En toute logique elle devrait finir par le détester d'ici son départ. Et à ce moment-là...

— *Kyrios* de Vere !

La porte du bureau s'ouvrit à la volée sur Dorothea. Rouge, à bout de souffle, l'air affolé.

— Venez vite !

— Que se passe-t-il ? demanda-t-il en se levant.

— C'est Mlle Wilde. Elle a fait une chute. Une mauvaise chute.

Il jura et suivit Dorothea, le cœur battant.

— Où est-elle ?

— Andreas l'aide à revenir. Il m'a téléphoné pour me demander de vous prévenir.

— Revenir ? Où est-elle allée ?

— Elle courait.

Il jura de nouveau. La chaleur de l'après-midi lui tomba sur les épaules à la sortie de la maison. Il suivit Dorothea sur le chemin. Au bout de quelques mètres, son cœur se serra. Soutenue par Andreas, Catherine clopinait, couverte de poussière et surtout d'écorchures. Sur le visage, le genou, la jambe... Il s'élança vers elle avec un juron étranglé, submergé par tous les sentiments qu'il tentait d'étouffer en vain depuis des jours.

— Qu'est-ce qui t'a pris de courir dehors par cette chaleur ?

Elle lui lança un regard noir.

— Je vais bien, merci. Maintenant tu peux retourner travailler.

Elle avait une coupure à la lèvre, et parler lui coûtait visiblement.

— Je vais m'occuper d'elle, dit-il à Andreas.

— Hors de question !

Elle eut un mouvement de recul mais il referma les bras sur elle et la souleva de terre.

— Alaric ! s'écria-t-elle en le bourrant de coups de poing. Repose-moi par terre immédiatement !

— Arrête, princesse.

Parler était douloureux pour elle. Et la voir souffrir était douloureux pour lui… Pourquoi avait-il le sentiment que même cette chute était de sa faute ?

Elle se racla la gorge et croisa les bras, raide dans ses bras. Mais au moins, elle ne le frappait plus. Il risqua un coup d'œil furtif. Elle avait un air rebelle. Et elle foudroyait du regard Dorothea qui se rapprochait d'eux.

— Je pense qu'elle s'est foulé la cheville, dit Andreas à cette dernière. Il va falloir la surélever et y appliquer de la glace.

Hochant la tête, Dorothea déclara :

— Je savais que courir dehors ce n'était pas prudent.

Et moi donc ! Serrant les dents, Alaric s'exhorta au silence tandis qu'Andreas courait vers la maison pour leur tenir la porte. Il franchit le seuil et descendit l'escalier.

— Je vais l'emmener dans la chambre. Il faut désinfecter les plaies. Pouvez-vous apporter la trousse de secours, Dorothea ? Et aussi une poche de glace et un verre d'eau.

Il baissa les yeux sur Catherine. Son visage plein de poussière et d'écorchures était crispé par la douleur.

— Tu n'as même pas emporté de quoi boire ?

Elle lui lança un regard si meurtrier qu'il ne put s'empêcher de pouffer. Son esprit combatif était intact !

— Tu peux me détester autant que tu veux, mais je ne te laisserai pas tranquille tant que je n'aurai pas l'assurance que tu vas bien.

Elle marmonna quelques mots indistincts, puis elle se mit à trembler de tout son corps. Le contrecoup. Il la serra plus étroitement contre lui.

— Apportez-moi aussi un whisky, Andreas.

Andreas arqua les sourcils.

— Ce n'est pas pour moi, précisa-t-il.

Même s'il n'allait sans doute pas tarder à en avoir besoin lui aussi…

Andreas hocha la tête et s'éloigna précipitamment tandis que Dorothea se dirigeait vers la cuisine.

— Tout ça n'est vraiment pas nécessaire, grommela Catherine tout en claquant des dents.

— Laisse-moi en juger.

— Dorothea et Andreas sont parfaitement capables de s'occuper de moi.

— Tu es mon invitée. C'est moi qui m'occupe de toi !

— Alors maintenant je suis ton invitée ? Tu es vraiment l'homme le plus incohérent que j'aie jamais rencontré !

— Et toi tu es la femme la plus têtue de ma connaissance.

Elle marmonna de nouveau des mots incompréhensibles, puis elle posa la tête contre son épaule. Il oublia instantanément pourquoi elle était dans ses bras, pourquoi il l'avait évitée pendant des jours. Il oublia tout. Une seule sensation l'emplissait tout entier. Dans ses bras, blottie contre lui, elle était à sa place.

— J'ai tout ce qu'il faut, annonça Dorothea derrière eux dans l'escalier.

— Et moi j'ai le whisky. Et aussi deux verres, au cas où, dit Andreas en les rejoignant.

— Merci.

Alaric entra dans la chambre et se dirigea vers le lit.

— Tu ne peux pas m'allonger là, dans l'état où je suis, protesta Catherine en se tortillant contre lui. Je vais salir les draps.

Il l'ignora et la déposa sur le lit avec précaution.

— Dorothea, apportez-moi une cuvette d'eau, s'il vous plaît.

— Tout de suite.

— Vous voulez que je vous serve ? demanda Andreas en indiquant la bouteille et les deux verres.

— Non, merci. Déposez-les sur la table de chevet.

— Puis-je vous apporter autre chose ?

— Pas pour l'instant. Je vous appellerai si nécessaire.

Andreas regarda Catherine, l'air préoccupé.

— Vous êtes en bonnes mains, mademoiselle Wilde.

Elle croisa les bras sur sa taille avec un sourire tremblant.

— Merci, Andreas. Merci pour tout.

Dorothea revint avec une cuvette, des compresses et une serviette. Elle posa le tout au pied du lit en déclarant :

— Et maintenant, nettoyons ces écorchures.

Alaric posa la main sur son bras.

— C'est bon, je m'en occupe.

— C'est que… je ne sais pas si…

Dorothea les regarda tour à tour, Catherine et lui.

— Je suis tout à fait capable de le faire, je vous le promets.

— Bon, très bien, si Mlle Wilde est d'accord.

Recroquevillée sur le lit, Catherine leva les yeux vers Dorothea et hocha la tête avec un pâle sourire.

— Très bien, appelez si vous avez besoin d'autre chose.

Après le départ du couple, Alaric ouvrit la bouteille de whisky et en versa un peu dans chaque verre.

— Tiens, bois une gorgée. Ça te fera du bien.

— Je n'ai pas besoin…

Il lui mit le verre dans la main.

— Si. Tu trembles.

Elle les considéra d'un air soupçonneux, le verre et lui, mais elle but quand même une gorgée de whisky. Et laissa échapper un petit gémissement au contact de l'alcool sur sa lèvre coupée. Il se pencha au-dessus d'elle pour prendre les deux oreillers dont elle ne se servait pas et les posa au milieu du lit. Puis il lui enleva le verre des mains.

— Tu essaies de compenser ton absence presque permanente depuis l'autre nuit ?

— Allonge-toi.

Elle resta immobile.

— Allons, Catherine, il faut surélever cette cheville et lui appliquer de la glace... À moins que tu ne sois pas pressée de pouvoir remarcher ?

Elle finit par s'allonger et par lever la jambe avec précaution pour qu'il puisse la prendre dans ses mains. Il examina sa cheville enflée.

— Je vais commencer par t'enlever tes baskets. Si je te fais mal, dis-le-moi.

— Tu veux vraiment que je te dise si j'ai mal ? lança-t-elle d'un ton moqueur teinté d'amertume.

Inutile d'être devin pour comprendre à quoi elle faisait allusion... Il commença à défaire ses lacets avec précaution.

— Je suis désolé de ne pas avoir été... très présent ces derniers jours.

— De m'avoir évitée, tu veux dire.

— Sans doute.

— C'est tout ce que tu trouves à dire ?

Il réprima un soupir. Elle avait toutes les raisons de lui en vouloir. Il était dans son tort et elle méritait une explication.

— Si je te disais que j'avais besoin de mettre un peu de distance entre nous, tu te sentirais mieux ?

Elle fronça les sourcils. Au moins, elle ne tremblait plus. C'était déjà ça. Il lui enleva doucement sa basket et sa chaussette, puis posa son pied sur les oreillers. Après avoir vérifié que sa cheville était bien surélevée par rapport à son cœur, il dénoua les lacets de l'autre basket. Conscient qu'elle le regardait avec une curiosité manifeste.

— C'est juste une entorse, dit-elle. Pour le reste je peux me débrouiller seule.

— Pas avant que j'aie nettoyé tes écorchures.

Il prit la poche de glace apportée par Dorothea et la cala autour de sa cheville. Quand elle tressaillit il eut mal pour elle.

— Désolé.

— *Ça*, tu n'y es pour rien. Tu peux y aller, maintenant. Alaric, s'il te plaît.

Elle avait les larmes aux yeux. Des larmes qu'elle refusait visiblement de laisser couler devant lui.

— Je ne suis pas une enfant. Je peux nettoyer mes écorchures moi-même.

Ignorant ses protestations, il trempa une compresse dans la cuvette d'eau et commença à nettoyer le genou le plus proche de lui.

— S'il te plaît, Alaric, tu vas salir les draps.

— Tu crois que je me préoccupe des draps, Catherine ? Reste allongée et arrête de bouger.

Il lui resservit du whisky.

— Tiens, bois encore un peu. Ça te fera du bien.

Le regard méfiant et les yeux toujours noyés de larmes, elle ne prit pas le verre.

— S'il te plaît, Catherine, laisse-moi prendre soin de toi.

Avec un soupir tremblant, elle accepta le verre.

— Merci.

Submergé par un profond soulagement, il rinça la compresse. Elle but une gorgée de whisky et tressaillit lorsque l'alcool lui piqua la lèvre. Elle effleura la coupure du bout du doigt et fit la grimace.

— Je dois avoir une de ces têtes…

Il la regarda. Même avec sa lèvre qui commençait à enfler et toute cette poussière sur son visage, elle était splendide. Il nettoya la coupure en s'efforçant d'ignorer l'émotion qui lui serrait la gorge, tandis qu'elle l'observait à travers ses cils d'un air perplexe et les yeux toujours humides.

— C'est une coupure nette qui devrait cicatriser rapidement, commenta-t-il d'une voix rauque. Mais je pense que ta lèvre va être gonflée pendant quelques jours.

Il prit un glaçon dans le bac que Dorothea avait apporté et l'enveloppa dans une petite compresse.

— Tiens, applique ça dessus.

Sans regimber, elle posa son verre et se rallongea en maintenant le glaçon contre sa lèvre. Il nettoya et désinfecta chaque écorchure. Quand il eut terminé, elle semblait prête à s'endormir. Il écarta une mèche de ses yeux et lui sourit.

— Je vais demander à Dorothea de venir t'aider à te changer. Tu as besoin de dormir.

Elle le regarda en plissant le front. Dans ses yeux pervenche il y avait une foule d'émotions et autant de questions. Bouleversé, il s'immobilisa. Mais elle détourna les yeux.

— Merci de t'être occupé de moi, murmura-t-elle d'une voix triste qui lui fendit le cœur.

Que faire ? Que dire pour la réconforter ?

— Va-t'en, Alaric. S'il te plaît.

De nouvelles larmes perlèrent à ses paupières. Il fut pris d'une envie irrésistible de les essuyer, de s'asseoir à côté d'elle, de la prendre dans ses bras et de lui murmurer les mots tendres qui gonflaient son cœur. Ce fut cette envie qui le poussa à ramasser tout ce qui traînait sur le lit et à se précipiter vers la porte.

— Appelle si tu as besoin de quelque chose. Dorothea descendra aussitôt.

— Pas toi. Bien reçu.

Il devina plus qu'il n'entendit ces mots prononcés dans

un souffle, et il se força à quitter la chambre sans un regard en arrière. S'il se retournait, il craquerait. Il sèmerait encore un peu plus la confusion dans l'esprit de Catherine, et elle souffrirait encore davantage. Or c'était ce qu'il voulait éviter à tout prix. Il voulait la protéger. Y compris et avant tout de lui et de son âme torturée.

11.

Catherine leva les yeux de son ordinateur. Dorothea contournait la piscine et se dirigeait tout droit vers elle. Attention… Elle releva le bord de son chapeau de paille, abaissa le capot de son ordinateur et sourit à la gouvernante. À quelle mise en garde allait-elle avoir droit ? Elle n'appuyait pas sur sa cheville toujours gonflée, et elle était enduite d'écran total des pieds à la tête. Elle était une patiente docile, et elle avançait dans l'écriture de son scénario. Tout allait bien… Enfin, presque.

— Votre épaule, mademoiselle Wilde ! Elle est au soleil !

Catherine regarda à droite et à gauche. Ah, oui, le soleil avait tourné juste assez pour qu'un bout de son épaule gauche soit exposé. Elle était si absorbée dans son travail qu'elle ne s'en était pas rendu compte.

— Oups, je vais…

Elle déplaça l'ordinateur, se souleva de son siège et Dorothea poussa un cri horrifié.

— Ne bougez pas !

Deux secondes plus tard, elle était à côté d'elle et inclinait le parasol de façon à ce qu'elle soit de nouveau complètement à l'ombre.

— Il est peut-être temps que vous rentriez dans la maison ?

— J'aime travailler ici. La vue est inspirante et ça m'aide à me concentrer.

La piscine était juste un peu trop tentante, mais trois jours après sa chute, sa cheville était encore trop douloureuse pour qu'elle puisse nager.

— Puis-je vous apporter quelque chose ?

Elle sourit à Dorothea.

— Une cheville neuve ?

— Ah.

Dorothea eut un sourire compatissant.

— Elle sera très vite comme neuve… à condition que vous la laissiez au repos.

Catherine sentit ses joues s'enflammer. Elle avait été surprise au moins une dizaine de fois en train de déambuler clopin-clopant, et à chaque fois elle avait eu droit à des remontrances de la part de Dorothea ou d'Andreas. Un matin elle avait même eu droit à un regard noir qu'Alaric lui avait adressé de loin quand il l'avait aperçue en train d'essayer de faire du yoga. À l'aube, dans l'espoir de ne pas être surprise…

— J'essaie. C'est juste que je déteste rester à ne rien faire.

— Je vous comprends, moi aussi je déteste ça. Mais il faut quand même vous reposer, *nai ?*

— *Nai.*

— Que voulez-vous pour le déjeuner ?

— Rien, merci. J'ai bien mangé au petit déjeuner.

— Des fruits et un yaourt, ce n'est pas assez pour tenir toute la journée.

— Je prendrai quelque chose plus tard si j'ai faim.

— Vous avez dit la même chose hier. Et avant-hier.

— Je n'ai pas eu faim.

— Vous allez fondre.

J'en suis loin ! Catherine garda cette pensée pour elle. Pas d'exercice impliquait kilos en trop. Or elle en avait déjà pris quelques-uns depuis son arrivée, grâce à la cuisine fantastique de Dorothea. Elle ne pouvait pas se permettre de prendre un gramme de plus. Dans peu de temps elle devait fouler un tapis rouge en robe moulante…

— Ça va. Sincèrement.

— Si vous avez besoin de quelque chose, vous appelez. Vous ne devez pas monter ces marches, c'est compris ?

Catherine regarda avec émotion la femme qui était plus maternelle avec elle que sa propre mère ne l'avait jamais été. En même temps qu'elle lui souriait, elle sentit des larmes lui piquer les yeux. Que lui arrivait-il ? Peut-être le contrecoup du traumatisme qu'elle avait subi un peu plus tôt dans l'année… *Et peut-être que tu es plus blessée que tu ne veux bien l'admettre par l'attitude distante d'Alaric ?*

— Compris, mademoiselle Wilde ?

— Absolument… Merci, Dorothea.

— De rien.

Catherine suivit Dorothea des yeux. Elle comprenait pourquoi Alaric avait choisi de rester sur cette île. Il n'était pas aussi seul qu'elle l'avait craint et que le croyait sa famille. Dorothea, Andreas et même Marsel n'étaient pas de simples employés. Ils éprouvaient pour lui une affection sincère qu'il leur rendait bien. Avec elle aussi ils étaient adorables. Quand ils la réprimandaient parce qu'elle bougeait trop et trop tôt, ça venait du cœur. Secouant la tête, Catherine redressa le capot de son ordinateur, prête à se replonger dans les aventures de son héroïne, Maisy. Du moins, le scénario progressait-il…

— Catherine ! Qu'est-ce qui te prend ?

Elle leva les yeux, le cœur battant. Alaric s'avançait vers elle à grands pas. Pourquoi fallait-il qu'il soit aussi sexy ?

— Bon après-midi à toi aussi, Alaric…

Il s'immobilisa au pied de son transat, les poings sur les hanches, le regard noir.

— Je suis en train de travailler. Alors, si tu as quelque

chose à dire, dis-le tout de suite, et ensuite laisse-moi, s'il te plaît.

Elle lui adressa un sourire suave. Il devrait comprendre puisqu'il était lui-même toujours trop occupé pour lui accorder un peu de son temps…

— Dorothea dit que tu ne manges pas suffisamment.

— Dorothea s'inquiète pour rien.

— Tu n'as pas l'habitude de sauter le déjeuner et de te contenter de fruits et d'un yaourt pour la journée ?

— Non, je dîne également.

— D'après elle, tu ne manges qu'une partie de ce qu'elle te sert.

Elle serra les dents.

— Alaric, tu n'es pas ma mè…

Mauvais exemple. Sa mère serait ravie qu'elle s'affame…

— Rien ne t'autorise à me passer un savon.

— Je ne te passe pas un savon.

Elle arqua les sourcils. Il soupira.

— D'accord, c'est ce que je suis en train de faire. C'est juste que… Je suis inquiet, Catherine.

— Eh bien, tu n'as aucune raison. À présent, si ça ne te dérange pas…

Elle reporta son attention sur son écran. Malheureusement, ignorer Alaric n'était pas si facile…

— Où dois-je le poser ?

Dorothea ? Catherine leva les yeux. Dorothea revenait avec un plateau de… ?

— Alaric ! J'ai dit que je n'avais pas faim !

— Dommage, parce que nous allons déjeuner ensemble.

— Pas question !

— Nous allons déjeuner…

Il s'interrompit et se passa la main dans les cheveux en inspirant profondément.

— Désolé. S'il te plaît, veux-tu bien déjeuner avec moi ?

— Pourquoi ?

— Parce que j'ai envie que tu me tiennes compagnie.

Elle s'esclaffa. S'imaginait-il vraiment qu'elle allait le croire ?

— S'il te plaît, Catherine. Je me suis comporté comme un idiot, mais je m'inquiète pour toi. Je ne vais pas t'obliger à manger si tu n'en as pas envie, mais j'aimerais passer un peu de temps avec toi.

— C'est vrai ?

— Oui.

— Ce n'est pas parce que tu veux que je mange ?

— Est-ce que ça ne peut pas être pour ces deux raisons à la fois ?

Elle scruta son visage. Pouvait-elle le croire alors qu'il passait son temps à la fuir ?

— Ta compagnie me manque.

Elle sentit son cœur s'affoler. Il était flagrant qu'Alaric était sincère et que cet aveu lui coûtait.

— D'accord.

— Merci.

Avec un large sourire il se tourna vers Dorothea.

— La table sur la terrasse de la chambre est parfaite. Elle est à l'ombre.

Catherine ferma son ordinateur et le posa par terre. Puis elle se leva du transat.

— Oh ! non, pas question !

Il se précipita vers elle.

— Je peux marcher ! D'accord, j'ai un peu de mal mais j'y arrive.

— À quoi bon, quand je suis là pour te porter ?

— Holà, pas si vite ! M'aider c'est une chose. Me porter…

Trop tard. Elle était déjà dans ses bras, contre son torse puissant. Et ça ne devrait pas être aussi bon… Elle frissonna.

— Tu as froid ? s'exclama-t-il d'un ton incrédule.

— Ne sois pas stupide.

Les joues en feu, elle abaissa son chapeau pour cacher son visage. Pourquoi ne parvenait-elle pas à jouer la désinvolture face à lui ? Elle était Kitty Wilde, une actrice reconnue, primée. Mais pas avec Alaric. Avec lui elle était Catherine. Pas de façade, pas de comédie, juste elle… Impossible de se cacher.

Quel idiot ! C'était lui avait insisté pour porter Catherine. Et maintenant qu'elle était dans ses bras, le désir le tenaillait et c'était visiblement réciproque… Alaric baissa les yeux sur Catherine, toujours cachée sous son chapeau de paille. Elle avait déjà perdu du poids… On ne maigrissait pas aussi rapidement à moins d'être malade ou de suivre un régime dangereux pour la santé. Il la déposa sur une chaise, devant la table.

— Tu veux que je t'apporte une autre chaise pour poser ton pied ?

Elle secoua la tête sans le regarder.

— Non, ça va aller. Elle est restée longtemps en l'air ce matin.

— Quand as-tu mis de la glace dessus pour la dernière fois ?

— Il y a une heure, environ.

— Tu veux que je te…

— Ça suffit, Alaric ! Assieds-toi et arrête de faire autant d'histoires !

Il s'assit et commença à lui servir la salade grecque préparée par Dorothea.

— Alors c'est ça qu'il faut pour obtenir ton attention ? Une cheville foulée ?

— Un peu radical comme solution, non ? répliqua-t-il en s'efforçant de prendre un ton malicieux.

— N'en tire pas des conclusions flatteuses. Je ne l'ai pas fait exprès !

— Non ? Je n'en suis pas convaincu.

Si seulement il parvenait à détendre l'atmosphère…

— Très drôle, Alaric.

Il commença à couper le pain.

— Pas de pain pour moi, Alaric.

— Mais il sort tout juste du four, tu aimes ça.

— Justement, j'aime beaucoup trop ça, c'est le problème.

— C'est absurde.

Il en coupa quand même une tranche pour elle et la posa à côté de son assiette.

— Au cas où tu changerais d'avis.

Il se servit tout en l'observant à la dérobée. Elle mâchait une bouchée de salade, les yeux fixés sur la mer. Comment aborder le sujet ? Se priver de manger n'était pas sain, mais après tout qui était-il pour la critiquer ? Elle avait raison, ce n'était pas son rôle. Et pourtant…

— Arrête, intima-t-elle sans quitter la mer des yeux.

— Quoi donc ?

— Arrête de me regarder comme ça.

— Te regarder comment ?

— Tu n'es pas en train de me juger, peut-être ?

— Si tu penses que je te juge c'est que tu estimes que j'ai des raisons de le faire.

Elle secoua la tête et prit une autre bouchée de salade.

— Ça doit être dur pour toi de ne pas pouvoir suivre ton programme d'entraînement quotidien et de…

— Qu'en sais-tu ?

— Je sais que tu passes une bonne partie de tes journées à faire du sport.

— Et comment le sais-tu, alors que je ne te vois jamais ?

— Je le sais.

— Quoi ? Tu as installé des caméras un peu partout et

tu me surveilles ? C'est à ça que te servent tous tes écrans ? À contrôler tout ce qui se passe sur l'île ?

— Arrête d'éluder le sujet.

Elle posa sa fourchette en soupirant.

— D'accord, j'élude. Mais je n'ai pas envie de parler de mes habitudes sportives et alimentaires. C'est de toi que je veux parler. Je veux parler de Flo et du fait que tu vas avoir un neveu ou une nièce. Je veux te demander de retourner en Angleterre pour voir ta famille.

Il sentit son estomac se nouer.

— Nous avons convenu de ne pas en parler.

— Il y a des tas de choses dont nous avons convenu de ne pas parler, et j'estime que mon régime en fait partie.

— Ton régime est dangereux.

Elle s'empourpra.

— Mon régime est logique. Si je ne fais pas de sport, je réduis le nombre de calories que j'avale.

— Entre manger moins et ne presque plus manger du tout, il y a une différence.

— Je suis en train de manger.

— Seulement parce que je t'y ai obligée.

— Tu m'y as *encouragée*. Tu ne peux pas me forcer à faire ce que je ne ferais pas de moi-même.

— Tant mieux… Mais une tranche de pain ne peut pas te faire de mal.

— « Vingt secondes dans la bouche, vingt ans sur les hanches. »

— Et maintenant tu parles comme ta mère. Hé, je plaisante ! ajouta-t-il en la voyant pâlir.

— Non, tu ne plaisantes pas.

— Et alors, peux-tu m'en vouloir ? Elle te répétait ça sans arrêt. Barbecues, mariages, anniversaires…

— Oui, eh bien, elle n'avait pas tout à fait tort.

— Pourquoi ? Qu'est-ce qui t'oblige à surveiller ta ligne à ce point ?

— Tu as oublié comment je gagne ma vie ?

— Et l'acceptation de son corps ? Je croyais que c'était la dernière mode ?

— Hollywood ne changera jamais, Alaric.

— Il suffit que les gens qui y travaillent changent.

Elle le regarda un long moment en silence.

— Quoi qu'il en soit, je dois rentrer dans ma robe pour la première de mon dernier film, dans un mois. Si je prends un gramme de plus, elle ne m'ira plus.

— Tu n'auras qu'à en acheter une autre. Tu as les moyens.

Elle pouffa.

— Ce n'est pas si simple. Les maisons de couture sont débordées. Pour ce genre d'événement il faut réserver sa tenue des mois à l'avance. Ça ne se fait pas à la dernière minute.

Il haussa les épaules.

— Ce que les fans et la presse veulent voir c'est toi, la personne qui porte la robe. Qu'est-ce que ça change que tu portes la robe d'un couturier ou d'un autre ? À part la publicité que ça représente pour eux ? Pourquoi ne choisirais-tu pas une marque inconnue pour la mettre en lumière au lieu de toujours remplir les mêmes poches ?

Catherine le regarda d'un air songeur.

— C'est une idée qui me plaît bien, mais… même un couturier encore inconnu ne peut pas réaliser une robe à la dernière minute.

— Alors mets du prêt-à-porter.

Elle pouffa de nouveau.

— Certainement pas !

— Pourquoi ?

— Parce que ça ne se fait pas.

— Et alors ?

— Tu ne comprends pas, n'est-ce pas ?

— Oh ! si. Et ça prouve que quand tu dis que lorsque tu me regardes tu ne vois pas ça…

Il montra ses cicatrices.

—… mais l'homme que je suis à l'intérieur, c'est du bidon.

Elle plissa le front et tendit la main vers lui.

— Ça n'a rien à voir et tu le sais.

— Vraiment, Catherine ? Parce que si je t'écoute aujourd'hui, et si je considère ton comportement de ces derniers jours, passés à t'affamer et à tester ta cheville bien avant qu'elle soit guérie, une conclusion s'impose. Tu attaches une importance primordiale aux apparences.

— À Hollywood, oui.

— Et, bien sûr, toi et Hollywood ça fait deux…

— Oui… Non… Tu déformes mes propos !

— Tu es belle, Catherine.

— Justement ! En disant ça, tu prouves que j'ai raison. Rester belle c'est beaucoup d'efforts. Je me prive des choses que j'aime, je fais du sport, je…

— Tu es belle intérieurement, Catherine.

— Quel cliché !

— Un cliché ? N'est-ce pas ce que tu voulais dire, l'autre jour ? Que toi et ma famille, vous ne voyez pas mes cicatrices mais l'homme que je suis dessous ?

Elle ouvrit la bouche mais aucun son n'en sortit.

— Ou bien ai-je mal compris ?

— Non, bien sûr. Tu as raison. C'est ce que je voulais dire et je le pensais. Tu as gagné. Je comprends ce que tu cherches à m'expliquer. Mon problème c'est que j'appartiens à l'univers de Hollywood. Professionnellement, en tout cas.

— Et regarde l'effet que ça a eu sur ta mère.

Des larmes perlèrent aux paupières de Catherine.

— Tu sais que je me suis toujours efforcée de ne pas devenir comme elle ? Tous les jours, cette pensée est là comme un mantra, et malgré tout… Je voulais être actrice.

Je pensais que je pouvais faire du cinéma sans reproduire ses erreurs…

— Tu as toujours été une comédienne-née. Je ne pense pas que tu aurais pu être heureuse en faisant autre chose.

— Peut-être.

— Mais honnêtement, Catherine, quelle importance si tu prends quelques kilos ? Si tu portes une robe de prêt-à-porter ou d'un couturier inconnu ? Tu seras toujours toi. L'actrice qui fait vivre des personnages à l'écran et qui déclenche des émotions chez les spectateurs.

Elle esquissa un sourire.

— Oui, mais je veux être plus que cela. Je veux écrire les histoires qui déclenchent les émotions.

— Tu y parviendras. Quand tu décides quelque chose, tu atteins toujours ton objectif. Je te l'ai dit et j'étais sincère.

— J'aimerais pouvoir te mettre en bouteille.

Il pouffa, soulagé. L'atmosphère se détendait enfin !

— Je ne suis pas certain que j'apprécierais.

— Ce serait bien. Je pourrais te déboucher à chaque fois que je douterais de moi.

Elle sourit, puis elle baissa les yeux sur la tranche de pain qu'il lui avait coupée.

— C'est vrai qu'elle est tentante.

— Tu n'es pas obligée de la manger. Je trouve dommage que tu te prives, c'est tout.

— C'est juste une tranche de pain, après tout.

— Hé, pas n'importe quel pain ! Si Dorothea t'entend dire ça, elle va arriver avec le rouleau à pâtisserie.

Il lui tendit le bol de sauce pour qu'elle trempe la tranche, puis il la regarda déguster une bouchée avec un murmure appréciateur.

— Mais tu sais ce que tu me dois à présent ? demanda-t-elle.

— Quoi donc ?

— Une discussion à propos de ta famille.

Il réprima un juron.

— Heureusement, nous avons encore du temps devant nous.

— Es-tu en train de me dire que tu vas arrêter de te cacher ?

— Je n'ai pas vraiment le choix si je veux que tu ménages ta cheville et que tu manges correctement.

— Ah…

Elle prit un autre morceau de pain et le mit dans sa bouche, les yeux pétillants de malice.

— C'est exact.

— Je commence à croire que tu as vraiment fait exprès de tomber.

— Qui sait, Alaric ? Je suis une actrice exceptionnelle, après tout.

— Très drôle, princesse.

12.

Catherine jeta un coup d'œil à Alaric, assis à la table sur la terrasse de sa chambre, un livre à la main, tandis qu'elle travaillait au bord de la piscine sous le parasol. Comme promis, il passait ses journées à veiller sur elle.

Elle aimait l'observer à la dérobée sans qu'il en ait conscience, et elle se surprenait à le faire de plus en plus souvent. Comme pour graver son image dans sa mémoire et en garder le souvenir après son départ. Elle n'avait pas encore perdu tout espoir de le convaincre de quitter l'île, au moins pour une visite à sa famille. Flo lui avait envoyé un texto ce matin pour lui demander comment ça se passait. Elle lui avait répondu qu'il y avait du progrès, ce qui était vrai, mais sans lui préciser que c'était parce qu'elle s'était blessée. Flo serait capable de sauter dans le premier avion, et elle ne voulait pas lui faire prendre le moindre risque pendant sa grossesse. Catherine se mordit la lèvre. Comment entamer la conversation ? Il lui restait moins de quinze jours pour faire changer d'avis Alaric…

— Ça suffit.

Elle sursauta. Il avait parlé sans lever les yeux de son livre…

— Pardon ?

— Tu m'observes depuis au moins un chapitre.

— Pas du…

Devant son sourire narquois, elle renonça à nier et ferma son ordinateur.

— J'ai envie de me baigner.

— Tu es sûre que c'est judicieux ?

— Je ne le saurai que si j'essaie.

Elle posa les pieds par terre et se redressa sur le transat.

— Pourrais-tu m'aider à marcher jusqu'à la piscine, s'il te plaît ? demanda-t-elle en faisant glisser son kimono sur ses épaules avec une lenteur délibérée.

— Bien sûr.

Il ferma son livre, se leva et se dirigea vers elle en détournant les yeux. Son cœur battait-il aussi fort que le sien ? se demanda-t-elle, vibrante d'excitation. Elle se leva avant qu'il arrive près d'elle et testa sa cheville.

— Ce n'est pas trop… oh !

Elle sentit un bras se glisser autour de sa taille et une vive chaleur l'envahit.

— Tu disais ?

Elle s'humecta les lèvres. Que disait-elle ? Dès qu'il l'avait touchée, son esprit s'était vidé. Elle devrait avoir l'habitude, puisqu'il l'aidait à marcher plusieurs fois par jour… Mais elle ne parvenait pas à s'habituer. Leur attirance mutuelle était trop forte. Et quand il fixait sur elle ce regard pénétrant, elle perdait tous ses moyens.

— Je disais…

Elle avança lentement en s'appuyant sur lui.

— Ma cheville n'est pas trop douloureuse aujourd'hui.

— Bien.

Un coup de vent lui arracha son chapeau et Alaric le rattrapa de justesse. Il se retrouva face à elle, une main tenant le chapeau dans son dos et l'autre bras toujours refermé autour de sa taille. Pressée contre son torse, elle déglutit péniblement.

— Ce serait peut-être mieux de laisser le chapeau ici, dit-il d'une voix rauque.

Mais il ne bougea pas et la garda serrée contre lui. Elle hocha la tête, trop troublée pour pouvoir parler. Allait-il l'embrasser ? Était-ce pour ça qu'il fixait sa bouche ?

— Comment va ta lèvre ?

— Elle… ça va beaucoup mieux, répondit-elle dans un souffle en l'humectant machinalement.

— Bien…

— Alaric ?

Il secoua la tête.

— Non.

— Tu ne sais pas ce que j'allais dire.

— Je le lis sur ton visage.

— Et moi sur le tien.

— Tu es impossible.

— C'est *moi* qui suis impossible ? s'exclama-t-elle avec un petit rire.

Il luttait pour ne pas sourire, pour ne pas céder à ce désir qui les tenaillait tous les deux, c'était flagrant… Elle retint son souffle, mais il se détourna pour déposer son chapeau sur le transat et le caler avec sa serviette.

— Viens, tu as dit que tu avais envie de te baigner.

Elle avait envie d'une foule de choses, mais se baigner ne figurait pas en haut de la liste… Tant pis si ce n'était pas raisonnable, elle avait envie de lui. Plus ils passaient de temps ensemble plus leur désir devenait palpable et plus elle le sentait prêt à flancher. Elle le laissa la conduire jusqu'au bord de la piscine et elle se glissa dans l'eau.

— Tu viens ? lança-t-elle en levant les yeux vers lui.

— Est-ce que tu vas bien te tenir ?

— Certainement pas !

Il éclata d'un rire si joyeux qu'elle sentit son cœur se gonfler d'espoir. Quelle différence par rapport à son attitude au début de son séjour ! Peut-être allait-elle réussir à le convaincre qu'il méritait de vivre autrement ? Il enleva son T-shirt, le laissa tomber par terre et sauta dans l'eau. Elle lui prit la main et l'attira vers elle sans rien dire. Si elle n'essayait pas...

— Catherine, ce n'est pas une bonne idée.

— Moi, je trouve que c'est une excellente idée, au contraire, murmura-t-elle contre ses lèvres.

Il fut parcouru d'un long frisson, puis il la souleva contre lui. Enfonçant la main dans ses cheveux, il captura sa bouche avec une fougue qui la transporta. Elle noua les jambes sur ses reins et l'eau gicla autour d'eux alors qu'il la faisait reculer contre la paroi. S'arrachant à ses lèvres, il inspira profondément et appuya son front contre le sien.

— J'ai envie de ça depuis des jours, mais je ne veux pas te faire souffrir, Catherine.

— Pourquoi souffrirais-je ? Je ne fais pas de projets d'avenir. Je ne demande rien d'autre que de finir mon séjour ici en ta compagnie. Je préfère céder à la tentation plutôt qu'y résister en permanence.

Elle s'empara de sa bouche avec ardeur, puis elle murmura contre ses lèvres :

— As-tu envie de résister ?

— Oh ! non ! Viens, rentrons.

Quelle était la définition de la folie ? Vaste question. Mais si quelqu'un était la folie incarnée, c'était bien lui... Alaric réprima une moue de dérision. Catherine était blottie contre lui, la tête sur son épaule, une jambe enroulée autour de la sienne. Il avait de plus en plus de mal à lutter contre le sentiment que cette relation était susceptible de durer...

— À quoi penses-tu ? demanda-t-elle en se blottissant plus étroitement contre lui et en cherchant son regard.

Il eut un sourire joyeux, et ses inquiétudes furent reléguées au second plan.

— À recommencer.

— Menteur ! Mais j'approuve cette réponse.

Il pouffa et lui caressa la hanche. Il pourrait rester là jusqu'à la fin de la journée, ou même de la semaine… Au diable le travail, les repas et tout le reste.

— Je peux te demander quelque chose ?

Il se raidit. Adieu la sérénité…

— Bien sûr.

— Pourquoi tu ne peins plus ?

Elle tourna la tête pour regarder la toile accrochée au-dessus du lit.

— Tu as beaucoup de talent.

— J'en *avais*.

— Tu ne peux plus peindre ?

— Ni peindre ni dessiner.

Il fit bouger ses doigts sur sa hanche.

— Pas comme avant.

Elle baissa les yeux sur sa main, la prit et effleura la cicatrice sur sa paume.

— As-tu essayé récemment ?

— Non.

Elle porta sa main à ses lèvres.

— Tu devrais. Quelle importance si tu ne peins plus de la même manière ? Il n'y a pas de raison que tu aies perdu ton talent. Tu aimais peindre parce que créer t'exaltait. Souvent, quand j'étais chez vous autrefois, je te voyais peindre avec fébrilité, le regard étincelant. Un peu comme un savant fou.

— Un quoi ? s'exclama-t-il en riant.

— Tu sais, cette image du savant fou… les cheveux en bataille et l'air illuminé.

— Oh ! merci ! Très séduisant…

— Justement, c'était très séduisant.

Il la serra contre lui en secouant la tête.

— Tu ne devrais pas arrêter de créer parce que ton travail est différent aujourd'hui, insista-t-elle.

— Je ne dessine plus aussi bien qu'avant.

— C'est subjectif. Une œuvre d'art parfaite ça n'existe pas. De même qu'il n'y a pas de roman ni de film parfait. Ni d'interprétation parfaite. Quelle importance que le résultat ne soit pas parfait à tes yeux, si la création t'apporte toujours autant de plaisir ?

Alaric regarda Catherine avec admiration. Elle venait de lui faire comprendre une chose essentielle dont il n'avait pas eu conscience jusque-là. La peur de ne plus être assez bon l'avait empêché de continuer à créer. La peur de l'homme qu'il était devenu l'avait empêché de quitter l'île. La peur que la veuve de son ami lui en veuille l'avait empêché de lui parler… Mais tout à coup, avec Catherine blottie contre lui, il n'avait plus peur. Il se sentait capable de reprendre son carnet de croquis, de rentrer chez lui, de parler à Cherie…

— Qu'avais-tu en tête exactement quand tu as décidé de venir ici ? demanda-t-il en déposant un baiser sur les cheveux de Catherine.

— J'avais envie de te revoir. Ça faisait si longtemps… Je voulais vérifier moi-même comment tu allais, et bien sûr j'espérais te convaincre de rendre visite à ta famille de temps en temps. Et puis j'avais aussi besoin de fuir ma vie…

Elle ferma les yeux et se mit à trembler contre lui. Il sentit son cœur se serrer. De nouveau cette souffrance. Une souffrance liée à Luke… Cette pensée était insupportable. Mais, contre toute attente, elle rouvrit les yeux en souriant.

— Quant à t'attirer dans un lit… je dois dire que j'en ai eu envie dès l'instant où je t'ai revu.

— Tu es sérieuse, n'est-ce pas ?

Il n'avait aucun doute sur sa sincérité.

— Oh ! oui ! Tous ces sentiments que j'avais pour toi

quand nous étions enfants, puis adolescents… imagine l'effet que ça m'a fait de te revoir aujourd'hui. Ton air voyou y est pour beaucoup, ajouta-t-elle avec un sourire malicieux.

— Mon air voyou ?

Il éclata de rire et lui prit la main pour la presser contre sa joue balafrée.

— C'est ça qui me donne un style mauvais garçon ?

— Oui…

Elle effleura sa cicatrice, les yeux étincelants de désir. Il la fit rouler sous lui et captura sa bouche avec ferveur.

13.

Un coup frappé à la porte réveilla Catherine en sursaut.
Elle se redressa dans le lit en serrant le drap contre sa poitrine.

— Alaric ! chuchota-t-elle. Alaric !

Il referma les bras sur sa taille avec un grognement.

— Oui ?

— Il y a quelqu'un à la porte.

Il cligna les yeux lorsqu'elle alluma la lampe de chevet.

— Quelle heure est-il ?

— Je ne sais pas. Tard.

Dehors il faisait noir, et les bruits de la vie nocturne pénétraient dans la chambre par l'entrebâillement de la baie vitrée. Nouveau coup contre la porte.

— Mademoiselle Wilde… *Kyrios* de Vere ?

Catherine déglutit péniblement. D'accord…, ce n'était donc pas un secret. Mais quoi d'étonnant à cela ? Depuis qu'une semaine plus tôt ils avaient décidé implicitement de savourer le temps qu'il leur restait, Alaric et elle étaient inséparables. Ils travaillaient ensemble, ils prenaient leurs repas ensemble, ils dormaient ensemble… Sauf qu'ils ne dormaient pas beaucoup. Ce qui expliquait pourquoi ils avaient fini par sombrer dans un sommeil profond en plein après-midi.

— Je vous ai apporté à manger, cria Dorothea derrière la porte. J'ai pensé que vous aviez peut-être faim.

Alaric pouffa contre Catherine.

— Elle n'a pas tort.

— .Ce n'est pas drôle !

Catherine rabattit le drap pour se lever, prête à aller dans la salle de bains.

— Vous pouvez entrer, Dorothea.

Elle se couvrit de nouveau précipitamment en foudroyant Alaric du regard. Il l'attira contre lui en riant, tandis que la porte s'ouvrait. Dorothea entra avec un plateau, les joues en feu et les yeux baissés.

— Je ne savais pas ce qui vous ferait plaisir, alors je vous ai apporté un peu de tout, dit-elle en posant un plateau sur la table de chevet. Que voulez-vous boire ?

— De l'eau, s'il vous plaît, répondit Catherine, surprise d'arriver à parler d'une voix normale.

— Et... du champagne ? suggéra Alaric en la regardant.

Elle sentit ses joues déjà brûlantes s'enflammer de plus belle. Et cette fois, elle répondit d'une voix étranglée.

— Oui... Merci, Dorothea.

— Je vous en prie.

Dès que la porte fut refermée, Catherine donna une petite tape à Alaric.

— Tu exagères !

Les yeux pétillants de malice, il l'embrassa avec gourmandise.

— Elle était déjà au courant, murmura-t-il contre ses lèvres.

— Et alors ? Nous aurions pu au moins mettre des vêtements.

— Tu plaisantes ? Elle s'en moque. Elle est juste heureuse de me voir de nouveau me comporter comme un homme normal.

— Tu veux dire *viril ?*

— Aussi, acquiesça-t-il en riant.

Il prit une assiette de feuilles de vigne sur le plateau et ils les dégustèrent en se donnant mutuellement la becquée.

— Dis-moi ton secret pour ne pas être énorme quand tu manges comme ça tous les jours, le taquina-t-elle.

— Comme toi je fais du sport pour compenser.

— Ça me rassure. Ce serait trop injuste si tu parvenais à rester aussi mince sans faire le moindre effort.

— Encore une feuille de vigne ?

Elle hocha la tête et il lui en tendit une.

— Mais ne t'attends pas à ce que je te laisse sauter sur le tapis de course demain matin. Cette cheville est encore trop fragile.

— Je ne suis pas stupide à ce point.

Il arqua les sourcils.

— D'accord, je ne suis *plus* stupide à ce point.

— Parce que ?

— Parce que je suis belle intérieurement.

Elle roula les yeux en riant mais il insista.

— J'étais sincère, Catherine.

— Je le sais.

Il lui prit la main et déposa un baiser au creux de sa paume en plongeant son regard dans le sien.

— Ne l'oublie pas…

« … quand nous ne serons plus ensemble », ajouta-t-elle pour lui silencieusement.

— D'accord ? insista-t-il.

— Tu sais…

La gorge nouée, elle dut faire une pause avant de poursuivre.

— Tu pourrais venir me voir pour me le rappeler aussi souvent que tu le souhaiterais…

— Essaies-tu une fois de plus de me convaincre de quitter mon île ?

— Peut-être… C'est efficace ?

Il secoua la tête, mais une lueur réjouie brillait dans ses yeux.

— Tu m'as montré que la vie c'était autre chose que se cacher ici, je le reconnais.

— Tu es sérieux ? s'exclama-t-elle en ouvrant de grands yeux.

— Oui, tu m'as encouragé à m'accepter tel que je suis aujourd'hui, tu m'as fait retrouver la joie de vivre. Il ne me semble plus impossible de rentrer chez moi pour voir ma famille et parler à Cherie. Tu m'as donné l'espoir de pouvoir tourner la page d'une manière ou d'une autre.

— Tu ne mérites pas d'être accablé de remords, Alaric. Tu as assez souffert.

— Peut-être.

— Tu es sérieux ou tu veux simplement me faire plaisir ?

— Je suis sérieux. Bien sûr, j'appréhende la réaction de Cherie et les retrouvailles avec ma famille. J'appréhende de me retrouver exposé au regard des gens dans la rue et ailleurs, mais…

— Ceux que tu ne connais pas n'ont aucune importance, et ceux que tu connais seront très heureux que tu reviennes vers eux. Ils t'aimeront d'autant plus. Et tu vas être oncle, Alaric. C'est quelque chose d'excitant. Flo est folle d'inquiétude pour toi.

— Je sais.

— Mais sais-tu que sa tension est beaucoup trop haute et qu'elle a été obligée de se mettre en congé de maternité plus tôt que prévu ?

— Non…

Alaric détourna les yeux et passa la main dans ses cheveux en jurant.

— Pourquoi ne m'a-t-elle rien dit ?

— Elle estimait sans doute que tu avais déjà assez de

problèmes. Ou peut-être qu'elle n'a pas voulu que tu culpabilises et que tu te sentes obligé de rentrer pour ça.

— Je savais qu'elle travaillait moins, mais je ne savais pas… Comment ai-je pu être aussi égoïste ?

— Ce n'était pas de l'égoïsme. Tu souffrais. Ta famille a compris pourquoi tu es parti. Ils ont plus de mal à comprendre pourquoi tu n'es jamais retourné les voir, mais quand tu le leur expliqueras ils comprendront. Ils seront juste heureux de te revoir. Il n'est pas trop tard, tu sais. Ils t'aiment et ils seront heureux de t'accueillir quand tu seras prêt à aller là-bas. Ça va bien se passer. Je le sais, ajouta-t-elle en se blottissant contre lui.

Il déposa un baiser sur ses cheveux.

— J'aime bien ton optimisme.

— Et moi, c'est toi que j'aime bien.

C'était sorti tout seul. Et c'était sincère, bien sûr. Mais leur relation ne pouvait pas durer. Parce qu'elle avait beau nier qu'elle était comme sa mère, la façon dont elle avait vécu ces dernières années prouvait qu'elle était aussi égoïste et perturbée qu'elle. Or jamais elle ne prendrait le risque de faire souffrir Alaric. Mais… peut-être pouvait-elle changer ? Peut-être pouvait-elle apprendre de ses erreurs passées pour construire un avenir meilleur ? Sauf qu'Alaric ignorait ce qui s'était réellement passé avec Luke. Il ne savait pas quel genre de femme elle était réellement. Et la perspective de le lui avouer… Elle ne parvenait pas à s'y résoudre. Mais n'était-ce pas malhonnête de sa part quand de son côté il se confiait à elle ? Cette situation devenait intenable. D'autant plus qu'elle l'aimait. Oui, il fallait arrêter de se voiler la face. Dire qu'elle l'aimait bien n'était pas honnête non plus. Elle l'aimait tout court. Elle était amoureuse de lui. Et elle lui devait la vérité.

Elle se redressa et replia les genoux contre sa poitrine.

— Il faut que je te dise quelque chose, Alaric. Quelque chose que très peu de gens savent.

— Quoi donc ?

Il se pencha vers elle, cherchant son regard, mais elle baissa les yeux.

— Flo est au courant. Et Luke. Personne d'autre.

Il voulut passer son bras autour de ses épaules, mais elle s'écarta.

— Non… Si tu me prends dans tes bras, je n'arriverai plus à parler.

Sa gorge était déjà si nouée qu'elle avait du mal à respirer…

— Tu sais que tu peux tout me dire, Catherine.

Elle hocha la tête. Oui, elle le savait. Mais d'abord, il fallait qu'elle rassemble ses idées. Et puis elle devait attendre que Dorothea soit revenue et repartie, pour être sûre de ne pas être interrompue.

Pourquoi restait-elle silencieuse aussi longtemps ? Peut-être avait-elle renoncé à parler… Quand Dorothea revint avec l'eau et le champagne, Alaric comprit que Catherine attendait qu'ils soient seuls. Sans risquer d'être interrompus. Il servit un verre d'eau et une flûte de champagne, puis les lui tendit. Elle prit l'eau, il garda le champagne.

— Tu connais mieux que personne mes relations avec ma mère. Et avec mon père.

— C'était vrai autrefois. Moins aujourd'hui. Tu les vois souvent ?

— Non. Ma mère ne s'est jamais remise de ma réussite. Quand elle a pris conscience que ma célébrité grandissante ne lui était d'aucune aide pour obtenir les rôles qu'elle convoitait ça s'est gâté très rapidement. Pour être honnête, je pense que de toute façon elle en avait assez de jouer à la comédie de la famille. Mes parents ont divorcé peu après et ma mère est partie vivre avec son dernier gigolo en date. Quant à mon père… il a sombré dans le désespoir et quoi que je fasse, quoi que je dise, il… il s'en moque. Pire, je ressemble à ma mère. Si bien que me voir lui rappelle encore plus cruellement ce qu'il a perdu. Enfin, bref… Luke et moi nous sommes tombés dans les bras l'un de l'autre du jour au lendemain. Ça se passe comme ça pendant un tournage. On est tellement habités par les personnages que la frontière entre fiction et réalité a tendance à s'estomper.

Elle eut un petit sourire triste avant de poursuivre.

— J'ai toujours tout fait pour ne pas devenir comme ma mère, Alaric. Je préférais ne pas avoir de relations durables pour ne pas risquer de négliger mes proches à cause de mon travail. Je me disais que ça viendrait plus tard, qu'un jour j'arriverais à un stade de ma carrière où je pourrais lever le pied et penser à fonder une famille.

— Mais tu as rencontré Luke ?

Elle hocha la tête.

— Que s'est-il passé ? demanda-t-il, l'estomac noué.

Si elle lui avouait son amour pour un autre homme, il n'était pas sûr de pouvoir le supporter…

— Je suis tombée enceinte.

Il sentit le sang se retirer de son visage.

— Enceinte ?

Elle lui jeta un coup d'œil furtif mais il eut le temps de lire le déchirement dans son regard.

— Oui. Ce n'était pas prévu. Nous prenions toutes les précautions nécessaires, mais…

Elle commença à se balancer doucement et il n'osa pas bouger.

— J'ai pris la pilule du lendemain, mais ça n'a pas marché. Au bout de quelques semaines j'ai fait un test parce que j'avais du retard. Luke était fou de joie, il faisait déjà des projets d'avenir… Mais moi… J'étais terrifiée. Je n'étais pas prête. Ce n'était pas le bon moment. Je tenais à Luke, mais un bébé…

Elle secoua la tête. Elle se balançait de plus en plus vite et l'effort qu'elle faisait pour retenir ses larmes était palpable.

— Qu'as-tu fait ?

— Rien. Je n'ai rien fait.

Elle se tourna vers lui, les lèvres tremblantes et les joues ruisselantes de larmes.

— Je l'ai perdu. Je n'en voulais pas, et il a disparu. Comme s'il n'avait jamais été là.

— Oh ! Catherine…

Il tendit les bras mais elle eut un mouvement de recul.

— Non, je ne mérite aucune compassion. Tu ne vois pas que finalement je suis aussi lamentable que ma mère ? Il y avait un bébé dans mon ventre et je… je l'ai fait disparaître en le rejetant par la pensée.

— On peut perdre un bébé pour des tas de raisons, mais pas en le rejetant par la pensée, Catherine. C'est impossible, et tu le sais.

— Luke disait la même chose. Il a été adorable avec moi, mais je ne le méritais pas…

La voix de Catherine se brisa et il la prit dans ses bras. Cette fois elle se blottit contre lui tandis qu'il la berçait pour apaiser ses sanglots.

— Bien sûr que si, tu le méritais, murmura-t-il en lui embrassant les cheveux. Tu n'étais pas responsable.

— Je n'ai pas pu l'épouser. J'avais accepté à cause du bébé, parce que je pensais que c'était la meilleure solution pour lui. Mais quand je l'ai perdu, je… je n'ai pas pu me marier avec Luke.

— Je suis sûr qu'il a compris, Catherine.

Elle s'essuya les joues en reniflant.

— Je n'étais pas prête.

Il referma la main sur sa mâchoire et caressa sa joue humide du bout du pouce.

— Je sais, princesse.

— Mais quand… quand je l'ai perdu je me suis effondrée. J'aurais donné n'importe quoi pour remonter le temps, pour chérir ce bébé. J'avais envie de mettre fin à ma carrière et de retrouver mon bébé.

Son bébé *et* Luke ? Sa souffrance était-elle due uniquement à la fausse couche ? Ou bien à la fin de la seule relation sérieuse qu'elle avait jamais eue ? Alaric déglutit péniblement.

— Je suis sûr que si tu parlais à Luke, il comprendrait, se força-t-il à dire, la mort dans l'âme. Vous avez peut-être encore un avenir commun ?

Elle plissa le front et secoua la tête.

— Je ne veux pas renouer avec Luke. Je ne l'ai jamais *aimé*.

Il sentit son cœur s'affoler alors qu'elle plongeait dans le sien un regard éloquent.

— Ce que j'éprouvais pour lui n'est pas comparable à ce que j'éprouve pour toi. À ce que j'ai toujours éprouvé pour toi, Alaric.

— Je suis à toi, Catherine. Aujourd'hui, je suis à toi.

— Tu ne vois pas que je suis aussi lamentable que ma mère ?

— Je ne sais pas comment tu peux penser ça.

— J'ai rejeté mon bébé.

— Tu as fait une fausse couche, Catherine. Ça n'a rien à voir avec une mère qui néglige son enfant.

Il continua de la bercer en lui caressant les cheveux.

— Maintenant je suis prête, Alaric. C'est pour ça que ce scénario est aussi important. Je ne veux pas seulement prouver que je suis autre chose que Kitty Wilde, l'actrice. Je veux me réapproprier ma vie. Je ne veux plus être accaparée sept jours sur sept par les tournages, les interviews et les tournées promotionnelles… J'aime le cinéma et je veux continuer à en faire, mais de l'autre côté de l'objectif et en imposant mes conditions.

— On dirait que tu as tout prévu.

— J'ai trente ans, il est temps que je prenne le contrôle de ma vie et que j'y fasse de la place pour les gens que j'aime.

— Flo sera certainement heureuse de te voir plus souvent.

— Et toi ? Ne pourrions-nous pas nous voir plus souvent ?

Il sentit son cœur se serrer.

— Je compte aller voir ma famille et parler à Cherie, mais toi… et moi ça ne peut pas marcher ailleurs que sur cette île.

— Tu n'en sais rien, objecta-t-elle en lui caressant la joue. Je n'ai jamais rencontré quelqu'un avec qui je me sente aussi bien, Alaric. Ça a toujours été vrai, mais ces quelques semaines que nous avons passées ensemble… elles ont tout changé. Et je sais que tu ressens la même chose.

Elle posa la main sur son cœur.

— Je le sais.

— Ce que je ressens n'a pas d'importance, Catherine. Notre… relation ne peut pas durer.

— Pourquoi ?

Il secoua la tête. Que répondre ? La confusion la plus totale régnait dans son esprit… Il était en proie à un tourbillon de sentiments qu'il ne parvenait pas à identifier.

— Ce que nous partageons est spécial, insista-t-elle. Je n'ai jamais ressenti ça avec personne… Je ne veux pas être comme ma mère et tu me dis que je ne le suis pas. Alors laisse-moi le prouver, avec toi.

— Je ne suis pas l'homme qu'il te faut. Je n'appartiens pas à ton monde.

— Quel monde ?

— Le show-business. Hollywood. Je ne peux pas vivre

sous les projecteurs. Regarde-moi. Tu imagines les articles dans les tabloïds, les commentaires sur les réseaux sociaux ?

— Oui… Et j'aimerais pouvoir te protéger de ça, mais c'est impossible. Cependant, ce n'est pas une raison pour vivre dans la peur. Je me moque de ce que les médias peuvent raconter.

— Tu ne devrais pas t'en moquer. Même si tu passes de l'autre côté de la caméra, tu continueras à fouler les tapis rouges et à être sous les projecteurs. Tu ne mérites pas d'avoir un homme comme moi à ton côté.

— Un homme comment ?

— Pour les médias je suis un balafré.

Elle lui avait donné la force de s'accepter tel qu'il était, mais s'afficher à son côté en public… Non, le contraste était trop saisissant. Les tabloïds et les réseaux sociaux s'en donneraient à cœur joie sur le thème de *La Belle et la Bête*…

— Tu veux vraiment que tout s'arrête entre nous quand je partirai d'ici ?

— C'est inévitable.

— Pas si nous ne voulons pas que ça s'arrête. Pas si tu éprouves la même chose que moi.

— Comment pourrais-je savoir ce que tu…

— Je t'aime, Alaric. Je t'aimais déjà autrefois et je t'aime encore plus aujourd'hui. Je veux te garder dans ma vie. Je veux partager avec toi les bons et les mauvais moments. Je n'ai jamais ressenti ça pour personne.

Au supplice, il brûlait de lui avouer la vérité. Il l'aimait il l'avait toujours aimée et il l'aimerait toujours. Mais il ne pouvait pas le lui dire. Dans un mois, dans un an, il ne serait plus qu'une parenthèse dans son passé. Elle poursuivrait sa carrière, déterminée à atteindre ses nouveaux objectifs et prête à fonder une famille avec quelqu'un qui la mériterait.

— Je ne suis pas l'homme qu'il te faut.

— Ne serait-ce pas plutôt à moi d'en juger ?

Il se détourna et s'assit au bord du lit.

— Il y a dix ans j'aurais dit oui, mais pas aujourd'hui. La perspective de me retrouver au milieu de la foule à ton bras, toi si parfaite et moi…

— Je ne suis pas parfaite ! Et je ne veux pas d'autre homme que toi à mon bras.

Il ferma les yeux en s'efforçant d'étouffer l'espoir qu'elle parvenait à ranimer.

— Je ne suis pas l'homme qu'il te faut. Et puis il y a Cherie. Imaginer qu'elle puisse me voir à tout instant en couple dans les médias, alors qu'elle…

— Mais tu as droit au bonheur, Alaric…

— Arrête, Catherine, arrête ! Je ne peux pas !

— Tu ne peux pas ou tu ne veux pas ?

Il se leva sans répondre et gagna la salle de bains. Catherine méritait mieux que lui. Elle en prendrait conscience après son départ. C'était en grande partie à cause de la magie de l'île et de son isolement qu'elle le voyait comme l'homme qu'il lui fallait. Mais c'était une illusion. Et il devait à tout prix éviter de la confondre lui aussi avec la réalité. Parce que lorsque l'illusion finirait par se dissiper, il ne s'en remettrait jamais.

14.

Catherine entendait la douche couler et elle luttait contre l'envie de rejoindre Alaric. Elle était allée trop loin... Mais quand elle avait compris qu'elle l'aimait, l'idée que tout risquait de se terminer dans trois jours lui avait fait perdre toute prudence. Comment ne pas tenter de le convaincre que leur histoire pouvait survivre à son départ ?

Ça n'a jamais été au programme. Elle était venue pour le convaincre d'aller voir sa famille. Flo allait être folle de joie en apprenant qu'elle avait réussi. Elle devrait l'être également. Son scénario était presque terminé. Ce séjour lui avait laissé le temps de prendre du recul et de se concentrer sur la tâche qui lui tenait le plus à cœur. Tous ses objectifs étaient atteints. Tomber amoureuse n'en avait jamais fait partie. Mais à présent qu'elle avait rencontré l'amour elle n'était pas prête à y renoncer. Pas sans se battre.

Elle se leva, s'enveloppa dans le drap et plissa le front. Il y avait un livre sous l'oreiller d'Alaric. Un coin dépassait. Elle jeta un regard furtif vers la porte de la salle de bains et tira doucement sur le livre. Couverture noire, sans titre, un crayon était coincé dans son dos... Elle effleura le cuir souple du bout des doigts. Un journal, un cahier, un... carnet de croquis ? Son cœur se mit à battre la chamade. Elle ne voulait pas être indiscrète, mais il fallait qu'elle sache... Dès le premier coup d'œil elle fut submergée par une joie immense. Alaric dessinait de nouveau ! Ces croquis devaient être récents, sinon pourquoi garderait-il ce carnet sous son oreiller ?

Elle se perdit dans la contemplation des dessins, page après page. Formes diverses, dégradés, hachures, croisillons… Testait-il sa maîtrise de différentes techniques ? Au fil des pages les formes se muèrent en esquisses. Un verre, une chaise… *Oh ! mon Dieu !* Elle se laissa tomber sur le lit, la gorge nouée. Son premier dessin achevé… c'était elle. Tellement elle… Allongée sur le lit, les yeux fermés, les lèvres entrouvertes, les cheveux étalés sur le lit… Un portrait magnifique, plein d'émotion. Quand avait-il… ?

— Tu dormais.

Son cœur fit un bond dans sa poitrine. Elle n'avait pas eu conscience que l'eau s'était arrêtée de couler. Les joues en feu, elle scruta le visage d'Alaric. Impossible de le déchiffrer. Depuis quand l'observait-il ? Une serviette nouée sur les hanches, il était visiblement tendu à l'extrême.

— Tu m'as dessinée ? murmura-t-elle.

— C'est le seul que je n'ai pas… J'espère que tu n'es pas contrariée ?

— *Contrariée ?*

Elle avait envie de rire et de pleurer en même temps.

— Tu es fou ? Il est incroyable !

— Pas aussi incroyable que le modèle, répliqua-t-il en avançant vers elle.

— Alaric… Je ne peux pas accepter que ce soit terminé entre nous.

— Nous avons encore trois jours, répondit-il en lui caressant la joue.

— Trois jours, ce n'est pas assez.

— Reste plus longtemps. Tu pourras finir ton scénario… Nous pourrons aller sur le continent. Je te montrerai les endroits qui m'ont séduit. Nous…

— Je ne peux pas. J'ai des interviews programmées, une

première à laquelle je ne peux pas ne pas assister… et une nouvelle robe à trouver pour le tapis rouge, vu le régime que je suis ces derniers temps.

— Bien sûr.

Il déposa un baiser sur ses lèvres.

— La réalité s'impose.

— Ce qu'il y a entre nous c'est aussi la réalité, Alaric.

— C'est trop parfait pour être réel.

Il le pensait vraiment… Elle le lisait dans ses yeux. Il était persuadé que leur histoire n'était possible que sur son île, à l'abri du monde extérieur. Elle ouvrit la bouche, mais il la réduisit au silence avec un baiser enflammé. Cet amour était bien réel. Elle l'éprouverait encore bien longtemps après son départ. Lui aussi ? Ou bien tirerait-il un trait dessus pour reprendre sa vie comme si rien ne s'était passé ? Elle ne pouvait pas le croire.

Trois jours plus tard, alors que le bateau de Marsel s'éloignait du quai, seuls Dorothea et Andreas étaient là pour faire au revoir de la main à Catherine. Alaric était aussi absent que le jour de son arrivée.

Détournant les yeux de l'île qui commençait à rapetisser, elle fouilla dans son sac à la recherche de son téléphone. Il fallait qu'elle envoie un message à Flo et… Qu'est-ce que… ? Une feuille de papier dépassait de son portefeuille. Elle la sortit de son sac avec des doigts tremblants. Du papier à dessin… Elle déplia la feuille, et ses genoux faillirent se dérober sous elle. S'agrippant au bastingage, elle contempla son portrait à travers les larmes qui lui brouillaient la vue. Alaric avait ajouté un message à son dessin.

Tu es toi, Catherine. Rien d'autre que toi.

Belle intérieurement et extérieurement.

Ne l'oublie jamais.

À toi pour toujours,

Alaric

Elle leva les yeux vers l'île. Était-il au bord de la falaise, là où elle pensait l'avoir aperçu le jour de son arrivée ? Elle se pencha en avant, le visage mouillé par les larmes et les embruns.

— Faites attention, mademoiselle Wilde ! cria Marsel. La mère est de plus en plus agitée à cause de la tempête qui approche.

Elle se redressa et lui adressa un pâle sourire. Puis elle regarda de nouveau l'île. Si seulement Alaric pouvait accepter d'être heureux avec elle…

Depuis son poste d'observation au bord de la falaise, Alaric regarda le voilier de Marsel disparaître à l'horizon. Il aurait été incapable de dire au revoir à Catherine sans flancher. Sans lui promettre l'impossible. Il fixait l'horizon vide quand la pluie et le vent le sortirent de son hébétude. Depuis combien de temps était-il là ? La mer était démontée… et Catherine n'était plus là. Lorsqu'il regagna la maison, une odeur alléchante lui rappela qu'il avait l'estomac vide. Il n'avait rien avalé depuis son dernier repas avec Catherine…

— Ah, vous voilà ! s'exclama Dorothea depuis le seuil de la cuisine, la mine sévère. Votre dîner est prêt. Vous pouvez vous servir. Andreas et moi allons rentrer chez nous. À moins que vous ayez besoin d'autre chose.

— Non, ça va. Merci, Dorothea.

Il passa la main dans ses cheveux trempés. Il y avait longtemps qu'il ne s'était pas senti aussi fourbu… Dorothea s'écarta pour le laisser entrer dans la pièce, mais il sentit qu'elle le suivait des yeux. Sur l'îlot central l'attendait un slouvaki. Son plat favori. Mais maintenant il lui rappelait Catherine et sa première soirée sur l'île. Cela remontait-il seulement à quatre semaines ?

— Elle vous aime, Alaric. Et vous l'aimez. C'est évident. Aussi évident que notre amour à Andreas et à moi.

Il resta silencieux. Impossible de parler.

— Pourquoi avez-vous tout gâché ?

Il tourna la tête pour foudroyer Dorothea du regard, mais dans ses yeux il vit le reflet de son propre désarroi. Andreas apparut à côté de sa femme et lui posa la main sur l'épaule.

— Viens, chérie. Laisse-le tranquille. Nous ferions mieux de rentrer avant que la tempête se déchaîne vraiment.

Elle ne cilla pas, les yeux fixés sur Alaric, attendant la réponse qu'il était incapable de lui donner.

— Andreas a raison, vous devriez y aller.

Elle secoua la tête sans masquer sa déception, et Andreas eut un sourire crispé.

— À demain matin, *Kyrios* de Vere.

Il hocha la tête. Dorothea avait raison. Il avait tout gâché. Il avait rejeté l'amour de Catherine. Et pourquoi ? Parce qu'il estimait qu'il ne le méritait pas. Il s'était mis dans la tête que si Fred n'était plus là pour vivre son amour pour Cherie, il n'avait pas le droit de vivre le sien pour Catherine. Bon sang, si Fred était là aujourd'hui, s'il le voyait souffrir comme il souffrait en ce moment, il le traiterait de triple idiot. Il le savait. Il savait aussi qu'il avait peur. Peur de ne pas être à la hauteur. Peur que le monde les surnomme la Belle et la Bête… Et alors ? Quelle importance, puisque Catherine l'aimait ? Elle lui avait offert son amour, encore et encore. Et qu'avait-il fait ? Il avait tout gâché.

Dire qu'il avait passé son temps à répéter à Catherine que ce qui comptait c'était la beauté intérieure… Alors que de son côté il était trop lâche pour se moquer des apparences.

Quel hypocrite ! Il fallait qu'il la rejoigne au plus tôt, pour lui présenter ses excuses. Et pour lui dire qu'il l'aimait. Il se précipita dehors. Le ciel obscurci par les nuages était zébré d'éclairs. Il était piégé. Son île refuge était devenue sa prison… Mais tout n'était pas perdu. Il savait ce qu'il devait faire.

— Je serai bientôt là, Catherine.

Il préférait affronter sa peur à son côté plutôt que de passer sa vie sans elle.

15.

— Kitty, tu te sens prête ?

Sur la banquette arrière, Luke prit la main de Catherine et la pressa doucement. Elle hocha la tête, détournant les yeux de la foule qui s'activait dans la rue.

— Tu es sûre ? Tu n'as pas dit un mot depuis que nous avons quitté l'hôtel.

— Oui, ça va.

Elle lissa le tissu chatoyant de sa robe dorée en se remémorant la dernière fois qu'elle l'avait portée. Le soir où elle avait séduit Alaric… ou bien était-ce lui qui l'avait séduite ? Un sourire triste étira ses lèvres. La cuisine de Dorothea et son immobilisation forcée avaient eu le résultat prévu. Elle ne rentrait plus dans la robe haute couture qu'elle était censée porter. Mais celle-ci, avec sa coupe portefeuille, était la solution idéale. Même si elle lui rappelait des souvenirs poignants. Alaric lui manquait tant… C'était comme si une part d'elle-même était restée avec lui sur son île. Même s'il n'y était pas en ce moment. Il était retourné en Angleterre pour voir sa famille. Flo n'avait pas cessé de la remercier et lui avait raconté d'une voix vibrante d'émotion qu'il était allé voir Cherie et sa fille. Il semblait apaisé par leur accueil chaleureux et prêt à tourner la page. En écoutant Flo, elle avait versé des larmes douces-amères. Bien que libéré du remords qui l'empêchait de vivre, il n'avait pas cherché à la voir…

— Tu es sûre ? insista Luke. Tu fais une drôle de tête.

— Désolée.

Avec un petit rire contraint elle lui tapota la cuisse.

— J'étais perdue dans mes pensées. Merci de m'accompagner.

— Avec plaisir.

Elle sourit et croisa les mains sur ses genoux. Depuis son retour de Grèce, Luke lui avait apporté un soutien sans faille. Pendant les interviews, à chaque fois qu'elle perdait le fil de ses pensées ou qu'elle manquait d'enthousiasme, il prenait le relais. Elle était constamment hantée par ses souvenirs de l'île. Alaric, son dessin, le message qu'il avait écrit… Comment ne pas y voir la confirmation de l'amour qu'elle avait vu briller dans ses yeux un nombre incalculable de fois ? Malgré tout, plus elle y pensait plus elle avait des doutes. Cet amour était-il bien réel ? Déjà plus d'une semaine… Il avait retrouvé sa famille, il était allé voir Cherie. Mais pour elle pas un appel, pas un message, rien.

La voiture s'arrêta devant le cinéma et elle prit une profonde inspiration.

— C'est le moment d'entrer en scène, commenta Luke avec un sourire encourageant au moment où sa portière s'ouvrait.

Il descendit de voiture sous les acclamations de la foule qui se pressait derrière les barrières, et fit le tour de la voiture pour lui tendre la main. Elle la prit et descendit à son tour, tandis que la foule scandait leurs deux noms. Ils sourirent sous les flashs et se dirigèrent vers les barrières pour les autographes, poignées de mains, questions, selfies…

— Kitty ! Kitty ! Qu'est-ce que ça fait de renouer avec son ex ?

Ils échangèrent un coup d'œil en roulant imperceptiblement les yeux sans cesser de sourire.

— Kitty ! Luke ! Par ici ! Une photo !

— Mademoiselle Wilde, un sourire !

— Catherine !

Elle vacilla sur ses talons aiguilles. *Alaric ?*

— Tu es sûre que ça va ? demanda Luke en la retenant par le coude.

Elle scruta la foule. Cette voix, ce prénom, ça ne pouvait être que lui. Mais il ne serait pas venu… pas avec tous les photographes, le public…

— Catherine !

Elle se hissa sur la pointe des pieds en tendant le cou, clignant les yeux pour se protéger des flashs. Tant pis si elle sortait de son rôle, si elle avait l'air ridicule… C'était lui. Contre toute attente c'était lui. Elle le savait !

— Mademoiselle Wilde, monsieur Walker, c'est le moment de vous diriger vers l'entrée, intervint la coordinatrice de la cérémonie.

Elle secoua la tête. Pas question.

— Catherine !

Elle pivota sur elle-même. Il y eut un mouvement parmi la foule, qui finit par s'écarter. Il était là. À quelques mètres derrière la barrière, en smoking, il dominait d'une tête tous ceux qui se trouvaient autour de lui. Elle bondit en avant.

— Alaric !

— Mademoiselle Wilde ?

La coordinatrice s'avança vers elle, tandis que Luke suivait son regard.

— C'est lui ?

Elle hocha la tête. Elle avait tout raconté à Luke. À force de la voir bafouiller pendant les interviews il avait fini par lui poser des questions, inquiet pour sa santé et son état d'esprit vu l'épreuve qu'elle avait subie quand ils étaient ensemble.

— Ça va aller ?

Elle hocha de nouveau la tête, de plus en plus fébrile.

— S'il te plaît…

— Vas-y. Je m'occupe du reste.

— Merci, Luke.

Elle l'embrassa sur la joue, à la grande joie des photographes, puis elle avança vers la barrière.

— Mademoiselle Wilde, vous ne pouvez pas…

La coordinatrice tenta de s'interposer, mais elle la contourna. Personne ne l'arrêterait. Alaric était là, à la première de son film, événement médiatique par excellence, grouillant de journalistes et retransmis en direct dans une grande partie de la planète. Résignés, les agents de sécurité ouvrirent la barrière et lui frayèrent un passage parmi la foule. Elle courut vers lui.

— Catherine, tu es splendide…

Le cœur battant à tout rompre, elle rougit de plaisir.

— Quoi ? Dans cette vieillerie ?

Il sourit. Les flashs crépitaient et tous les regards étaient braqués sur eux, mais il ne semblait pas le remarquer. Alors même que les agents de sécurité se démenaient pour maintenir la foule à distance et que les questions fusaient de toutes parts.

— Qui est-ce ?

— C'est un nouveau ?

— On peut avoir un nom ?

— Il n'a pas joué dans un film des *Avengers ?*

— Catherine, je suis venu te dire ce que j'aurais dû t'avouer avant ton départ.

— Quoi donc, Alaric ?

— Je t'aime, Catherine. Je t'aime comme un fou et je ne peux pas vivre sans toi.

La vue brouillée par les larmes, elle s'humecta les lèvres.

— Je t'aime, Alaric. Je t'ai toujours aimé et je t'aimerai toujours.

Elle scella sa promesse par un long baiser, qui déclencha

une nouvelle salve de flashs. Un coup de klaxon finit par arracher Alaric à ses lèvres.

— Je crois que nous provoquons un incident. La célébrité qui vient d'arriver dans cette voiture ne doit pas apprécier que les photographes aient déserté le tapis rouge pour se concentrer sur nous.

— Tu viens avec moi ?

— Maintenant ?

— Oui.

Il regarda la foule autour d'eux et sourit.

— D'accord.

— Même si ça implique d'être pris en photo ?

— Je pense que c'est déjà fait.

— Mais pour les prochaines nous allons poser…

Elle l'entraîna vers le tapis rouge avec l'aide des agents de sécurité. La coordinatrice s'avança vers eux, un sourire crispé aux lèvres.

— Reste-t-il une place de libre ? demanda Catherine.

— Je crains que non, mademoiselle Wilde.

— J'ai l'invitation de Flo, intervint Alaric.

— Non ! Hier encore elle me demandait conseil pour sa tenue !

— Oui, je l'ai prévenue un peu tard. Mais je me suis engagé à faire un maximum d'heures de baby-sitting en échange.

Catherine éclata de rire. Elle avait l'impression de vivre un rêve !

— Kitty ! Miss Wilde ! Qui est votre ami ? Peut-on savoir son nom ?

— Je vous présente Alaric de Vere…

Un murmure excité parcourut la foule à l'énoncé de ce nom familier. Elle le regarda. Il n'avait d'yeux que pour elle. Il se moquait d'être reconnu et d'être pris en photo avec ses cicatrices. Elle seule comptait. C'était écrit sur son visage.

— L'amour de ma vie, ajouta-t-elle à l'adresse des journalistes.

Il se pencha vers elle pour murmurer à son oreille :

— Ce film va être le plus long de l'histoire du cinéma…

— Qu'est-ce qui te fait dire ça ?

— J'ai en tête mille façons différentes de te prouver mon amour, mais presque toutes exigent que nous soyons seuls.

— La projection ne commencera pas avant un certain temps. Nous arriverons bien à trouver un coin tranquille quelque part…

Un sourire gourmand étira les lèvres d'Alaric.

— Tu es sérieuse ?

— Très sérieuse. Il est temps de commencer à vivre.

Épilogue

Trois ans plus tard

— Alaric, la voiture est là ! cria sa mère depuis le rez-de-chaussée.

Juste au moment où Flo faisait irruption dans la chambre de sa femme, qui était en train de se trémousser dans sa robe fourreau rouge.

— Je savais que j'aurais dû choisir quelque chose de moins… un peu moins…

Catherine faisait de grands gestes, manifestant une nervosité inhabituelle. Il la rejoignit et lui prit les mains.

— Tu es splendide et Flo m'a assuré qu'elle connaît une astuce pour remonter ta fermeture Éclair.

Au même instant, Flo s'accroupit derrière Catherine.

— Absolument. Laissez-moi juste… une… seconde ! Et voilà ! Ce tissu est génial !

— Je ne sais pas s'il est génial, mais je suis sûre que je n'étais pas aussi serrée dans cette robe il y a quinze jours, marmonna Catherine.

Alaric pouffa.

— Puis-je te rappeler qu'il y a quinze jours tu n'étais enceinte que de trente semaines ? Notre fille a grandi depuis.

Catherine lui sourit, les yeux brillants.

— C'est vrai.

— Et à la deuxième grossesse on prend toujours plus de

poids qu'à la première, ajouta Flo en tapotant son ventre, dans lequel la présence de son troisième bébé ne se devinait pas encore.

— Tu es prête ? demanda Alaric à son épouse.

— Un peu nerveuse…

Il porta une de ses mains à ses lèvres et déposa un baiser au creux de sa paume.

— Tu étais comme ça pour Max, souviens-toi. Neuf mois de nervosité à cause des hormones, et dès qu'il est arrivé tu es redevenue Kitty Wilde la diva.

— La diva ? Attention à ce que vous dites, cher époux, sinon cette nuit vous allez dormir dans la chambre d'enfants !

Il pouffa.

— Ce serait peut-être une bonne idée. Il faut que je me lève à l'aube pour vérifier que tout est en place pour le gala de bienfaisance.

— T'ai-je déjà dit à quel point je suis fière de toi ? demanda-t-elle en l'enveloppant d'un regard ébloui.

Il l'attira contre lui.

— Tu peux me le redire encore si tu en as envie. Même si c'est toi qui as eu l'idée de l'organisation caritative.

— Non. Mon idée c'était que tu participes à un groupe de soutien pour parler de ce qui t'est arrivé. Pas que tu fondes une organisation pour aider les gens qui ont vécu le même genre d'expérience.

— C'était la suite logique, répliqua-t-il avant de l'embrasser.

— Holà, du calme tous les deux ! intervint Flo. Le chauffeur attend.

La mère d'Alaric les attendait en bas des marches, avec Max, leur fils de deux ans, dans les bras, et son mari juste derrière elle.

— Merci de garder les enfants ce soir, dit Alaric à ses parents.

— Avec plaisir. Nous ne pouvions pas laisser Flo manquer

la première du film de sa meilleure amie. Sans compter que David et elle ne sont pas sortis depuis des mois.

— Quelqu'un m'a appelé ?

Le beau-frère d'Alaric apparut dans le couloir, les cheveux en bataille et la cravate de travers.

— David ! s'exclama Flo en se précipitant vers lui pour redresser sa cravate et le recoiffer. Ne me dis pas que tu dormais !

— Je plaide coupable… Avec deux enfants de moins de trois ans et un troisième en route, toutes les occasions sont bonnes pour faire un somme.

Alaric pouffa et embrassa son fils sur le front.

— Sois sage avec mamie et papi.

Max hocha la tête en suçant son pouce.

— Dire que celle-ci s'apprête à fouler le tapis rouge avant même d'être née, ajouta Alaric en posa la main sur le ventre de sa femme.

— Alaric, je ne crois pas que ma nervosité soit due aux hormones, dit Catherine. C'est *mon* film. *Mon* scénario… Et si tout le monde les trouve nuls ?

— Allons, mon amour, tu vas tous les bluffer, je le sais.

— Tu ne peux pas…

Il la réduit au silence par un baiser. Ce qui leur valut un « Beurk ! » retentissant de la part de leur neveu de deux ans, qui venait de faire irruption dans le couloir.

— Eh bien, je crois que le signal du départ vient d'être donné, commenta Alaric en riant.

Retrouvez prochainement, dans votre collection

AZUR

Le diamant d'un Italien, de Julia James - N°4576

« Si vous devenez mon épouse pendant douze mois, je rembourserai votre dette. » Soulagée de voir ses problèmes financiers s'évanouir, Lana accepte l'incroyable demande en mariage de Salvatore Luchesi, le sublime Italien qu'elle vient de rencontrer. Mais très vite elle déchante. Survivra-t-elle à cette union platonique, alors que son corps s'embrase tout entier au côté de Salvatore ? Surtout, supportera-t-elle le jour où leur accord prendra fin et où elle devra renoncer à cet homme hors du commun ?

L'indomptable fiancée, de Louise Fuller - N°4577

Fils illégitime, Achileas Kane est la preuve vivante que les liens du mariage n'ont rien de sacré. Hélas, il doit aujourd'hui se marier s'il veut toucher son héritage ! Refusant de convoler avec l'une de ses prétendantes trop envahissantes, il préfère se tourner vers l'indomptable Effie Price. La jeune femme de chambre, qui travaille dans le palace où il séjourne, n'est-elle pas la candidate parfaite ? Loin de tomber en pâmoison devant lui, elle est la première à lui tenir tête ! Et pour Achileas elle représente un irrésistible défi…

Les mariés de Rio, d'Abby Green - N°4578

En épousant Caio Salazar de Barros, Ana savait à quoi s'en tenir. Leur union de convenance devait prendre fin un an plus tard, une fois la réputation de Caio rétablie et l'avenir d'Ana assuré. Seulement voilà, maintenant que l'échéance est arrivée à son terme, Ana se voit contrainte de passer une ultime journée en compagnie de son troublant époux. Vingt-quatre heures qui pourraient bien tout changer quand, libérés du contrat qui les a liés, Ana et Caio laissent libre cours à une passion aussi inattendue que dévorante…

Liée à Constantin Silvera, de Jackie Ashenden - N°4579

J'ai commis l'erreur de tomber amoureuse d'un homme inaccessible. Les sentiments que je nourrissais, enfant, pour Constantin Silvera, n'ont fait que grandir au fil des ans. Jusqu'à cette nuit époustouflante que nous avons passée ensemble il y a trois mois… Depuis, tout a changé entre nous. Notre amitié a volé en éclats, tandis que mon amant me rejetait cruellement. Quant à ma vie, elle a pris un tournant inattendu, car me voilà enceinte de Constantin…

Si proche de l'ennemi, de Dani Collins - N°4580

Pour sauver l'entreprise à laquelle elle a tant donné, Ilona s'apprête à épouser l'homme qui veut ruiner sa famille ! En effet, c'est bien connu mieux vaut garder proches ses ennemis… Et puis, même s'il est cynique et arrogant, Léandre Vasilou pourrait lui apporter l'indépendance à laquelle elle aspire depuis si longtemps. Seul problème : alors qu'Ilona voudrait pouvoir haïr Léandre, et le tenir à distance, son traître de cœur bat furieusement pour lui. Au point qu'elle rêve de voir leur union de convenance se transformer en mariage d'amour…

Promise à un comte, de Nina Milne - N°4581

Parce qu'elle a commis l'impardonnable erreur d'être née fille, Adriana est le mouton noir de la famille. C'est bien simple, son père, lord Salvington, ne la supporte pas ! Mais le jour où leur domaine menace d'être perdu Adriana oublie toute rancœur pour accomplir ce qu'elle sait être son devoir. En proposant à Rob Wilmington, le mystérieux comte de Darrow, de l'épouser, elle scelle bientôt une alliance capable de sauver l'héritage familial…

Un fantasme pour patron, de Lucy King - N°4582

Elle s'est endormie… dans le lit de son patron ! Réveillée en sursaut par la voix furieuse de Duarte de Castro, Orla peine à reprendre ses esprits. Comment expliquer à cet homme intransigeant qu'elle s'est écroulée de fatigue, alors qu'elle préparait la Casa do São Romão en vue de l'arrivée de son propriétaire ? Comment lui révéler qu'elle rêvait de lui au moment même où il surgissait, plus sexy encore que dans ses fantasmes ?

La beauté de Svardia, de Pippa Roscoe - N°4583

SÉRIE : *LE ROYAUME DE SVARDIA* - 3/3

Quatre mois plus tôt, Aleksander est monté sur le trône de Svardia, le royaume de Scandinavie. Une responsabilité à laquelle il était préparé, ou presque. S'il est résolu à transformer son pays en une nation prospère et tournée vers le progrès, l'idée de produire un héritier lui paraît une tâche ardue. En effet, comment s'allier à l'une des femmes insipides qu'on lui présente comme des partenaires idéales, quand son cœur ne bat que pour l'innocente Henna, qu'il n'a pourtant pas le droit de faire reine ?

La princesse du Kansas, de Caitlin Crews - N°4584

SÉRIE : *ROYALEMENT SCANDALEUSE* - 1/2

Delaney travaille dur pour garder à flot la ferme familiale, isolée au milieu des Grandes Plaines du Kansas. Quelle n'est pas sa surprise de voir débarquer un matin un convoi de luxueux SUV, d'où émerge bientôt un homme fascinant... Charismatique et beau comme un dieu, Cayetano Arcieri a une révélation à lui faire : Delaney est une princesse, l'héritière perdue de la Couronne d'Île d'Montagne ! Et s'il est là aujourd'hui c'est pour la ramener dans leur pays, au large de la Méditerranée, où elle deviendra bientôt sa reine...

Amber et le prince rebelle, d'Ally Blake - N°4585

Trahi le jour de ses noces, le prince Hugo fuit en Australie, incognito. Là, il rencontre Amber, une jeune femme dont la liberté de penser et la joie de vivre lui offrent un précieux réconfort. Dans ses bras, il oublie pendant un moment son pays, son devoir... jusqu'à ce que la réalité le rattrape. Quand Amber se découvre enceinte de lui, Hugo n'a d'autre choix que de lui révéler sa véritable identité, tout en sachant que celle qui fait battre son cœur n'a rien de la princesse à laquelle il est supposé lier son existence...

Un époux à convaincre, d'Anne McAllister - N°4586

Elle était mariée... avec Dominic Wolfe. S'il n'avait pas été là, près d'elle, dans ce lit qui était maintenant le leur à New York, Sierra ne l'aurait pas cru. Car tous deux n'ont rien en commun, si ce n'est cette incroyable entente charnelle. Dans l'intimité, Dominic n'est plus l'homme d'affaires au costume impeccable, et elle la coiffeuse excentrique. Dans le secret de la chambre à coucher, ils sont simplement un homme et une femme en proie au même désir irrépressible. Hélas ! la passion ne dure pas. Et si Sierra rêve que Dominic partage un jour ses sentiments elle sait aussi qu'il s'est juré de ne plus aimer, et qu'il faudra bien davantage que des corps-à-corps torrides pour transformer leur mariage d'intérêt en une véritable union...